Atlas van Raien

Die Arbeit eines Autors

Ein Roman

von

Anja Rosok

Dies ist eine fiktive Geschichte.

Alle Charaktere, Namen, sämtliche Orte, Handlungen und
Dialoge sind frei erfunden. Ähnlichkeiten mit lebenden
oder verstorbenen Personen und ihren Reaktionen sind rein
zufällig und von der Autorin nicht beabsichtigt.

Als Handbuch ist das Werk mit Abstand zu betrachten. Die
eigene Gesundheit geht vor.

Die Originalfassung erschien am *Freitag, den 13.05.2011*
im Wunderwaldverlag/Erlangen.

Die überarbeitete Auflage steht nun wieder allen
Leserinnen und Lesern zur Verfügung. Wir wünschen ein

WAAAAAHNSINNIGES LESEVERGNÜGEN

ATLAS VAN RAIEN

Die Arbeit eines Autors

Ein Roman

von

Anja Rosok

Bibliografische Information der Deutschen
Nationalbibliothek: Die Deutsche Nationalbibliothek
verzeichnet diese Publikation in der Deutschen
Nationalbibliographie; detaillierte Daten sind im Internet
über http://dnb.dnb.de abrufbar.

2.Auflage, Juli 2018

Herstellung und Verlag:
BoD - Books on Demand, Norderstedt

ISBN: 978-3-7528-2225-0

auch als *e-book* erhältlich

Das Leben könnte so einfach sein,

gäbe es nicht die Zwänge.

EIN CAFÉ IN DER STADT

Recherche bei Kaffeeduft

Atlas van Raien saß in der hintersten Ecke direkt neben der Fluchttür und kippelte. Mit dem Rücken zur Wand, den Blick zur Eingangstür gerichtet, konnte er alle Eintretenden in Augenschein nehmen. Er recherchierte.

Kaffeeduft zog an seiner Nase vorbei.
Unwillkürlich hob er den Arm und schnippte.
„Ich komme gleich", trällerte die liebliche Stimme der Bedienung.
„Ich komme gleich", wiederholte der Autor missbilligend.
Das junge Fräulein war damit beschäftigt, Wassertröpfchen vom Tresen zu wischen, blickte kurz auf und begrüßte einen neuen Gast. Van Raiens Blick schwenkte zur Eingangstür. Eine füllige Frau schob sich zwischen den Tischen hindurch.
„Es wird Zeit, dass das Schmuddelwetter aufhört", verlangte er nach den Sonnenstunden, in denen sich draußen die Caféstühle tummelten, „und dass die Zeit des Tauwetters für solche Personen anbricht!"

Angewidert lehnte er sich in seinem Stuhl zurück und begutachtete seinen muskulösen Handrücken. Er spreizte die Finger, schob seinen Ehering zurecht und schenkte der Kellnerin einen Blick.

„Ein hübsches Ding."

Sie lächelte freundlich der vollschlanken Dame zu, die sich mitten in den Raum pflanzte.

Leichtfüßig hüpfte sie zu ihr hinüber und nahm die Bestellung auf.

„Das ist typisch!" Wütend schnippte er, bis das Mädchen bei ihm war.

„Sie wünschen, mein Herr?"

Ohne sie anzublicken, brummelte er: „Eher bedient zu werden. Oder haben sie mich übersehen? Wahrscheinlich! So viel Masse bringe ich nicht auf." Er schielte an ihrer schlanken Taille vorbei. Sein Blick versank in den geblümten Rundungen des altmodischen Damenkleides.

„Mein Herr, der Dame geht es nicht so gut! Sie wartet dringend auf Post."

„Sicher! Die typischen Ausreden: Liebeskummer, Alleinsein, Stress … oder was denen sonst immer einfällt. Womöglich ist sie Autorin, will das große

Geld machen und scheitert schon vor der
Einleitung."

Atlas van Raien war es egal, dass er laut sprach.
Die wohlbeleibte Dame schaute zu ihm herüber.
Ihren bösen Blick und den des älteren Herrn am
Tresen spiegelte der Autor im Wechsel von rechts
nach links wider. Seine schmalen Augen
verengten sich zu bissigen Schlitzen und legten
sein knöchernes Gesicht zunehmend in Falten.
Wenn Blicke töten könnten!

Die Kellnerin unterbrach das Augenduell ihrer
Gäste: „Was darf ich Ihnen denn bringen?"
Wieder lächelte sie, zwar mit
zusammengepressten Lippen, aber sehr
freundlich.

„Einen Espresso. Mit Süßstoff. Ist besser für die
Figur." Er streckte den Kopf vor wie eine
Schildkröte und nickte zur Mitte des Raumes. Die
vollbusige Dame drehte sich beleidigt weg. Zur
Bedienung sagte er: „Und die Tageszeitung. Von
heute natürlich!"

„Aber selbstverständlich. Kommt sofort."

„Will ich hoffen."

Das junge Mädchen verschwand wieder hinter
der Theke. Ihre dunklen, langen Haare waren zu

einem ordentlichen Zopf geflochten, die Kleidung akkurat gebügelt und die Augen dezent geschminkt. Sie klimperte mit den Wimpern und lächelte.

Atlas` Gedanken kreisten: „Irgendetwas stimmt mit dieser Kellnerin nicht. Sicher, sie ist keine waschechte Italienerin. Wir sind ja auch nicht in Italien. Vielleicht ist es ihr Lächeln? Vielleicht aber auch nur die Tatsache, dass sie diese unattraktiven Personen eher bedient als mich. Sie könnte mich haben."

Van Raien spielte an seinem Ehering herum.

„Will ich das? Hab ich die nötig?" Er betrachtete sich in der verspiegelten Wandfläche. „Ich bin schlank. Meine Muskeln sind drahtig. Ausdauersport bringt was! Und meine Haare sind noch kraus gelockt, wie in jungen Zeiten. Nicht wie bei anderen Männern in meinem Alter." Sein Blick traf das Spiegelbild des Herrn am Tresen. Dessen Hut und die zusammengefaltete Zeitung lagen auf der hochglänzenden Marmorfläche. Ein Glas Wasser mit Zitronenscheibe stand vor ihm. Die Kellnerin sprach ihn an: „Doc, darf ich …?" Verlegen hielt sie ihre zierliche Hand vor den Mund, als hätte sie etwas Unanständiges gefragt.

Er nickte und schob ihr das Tagesblatt herüber. Mit der anderen Hand strich er sich über die kahle Stelle seines Hauptes.

„Keine Chance, alter Mann. Setz den Hut lieber auf. Dann vielleicht. Gleich streichst du Glatzkopf deine drei Härchen noch ab und machst dem Mädchen unnütz Arbeit", nuschelte Atlas in den Bart, den er nicht hatte.

Der Herr drehte sich samt Hocker, suchte den Augenkontakt und spielte an seinem Kinn herum.

„Da sind sie alle hin. Mann, bist du ungepflegt", entfuhr es Atlas, „das ist mehr als nur ein Oberlippenbart."

Seinen trug er seit der Studienzeit nicht mehr. Als ´unhygienischen Rotzfänger` hatte er ihn zum Bedauern seiner damaligen Freundin und jetzigen Frau abrasiert und bis zum heutigen Tage jeden Morgen akribisch danach getrachtet, dass er samt umliegender Borsten nicht nachwuchs.

Die Espressomaschine verstummte.

Die Kellnerin stöckelte zwischen ihnen hindurch und servierte Atlas auf einem silbernen Tablett den Kaffee und die gefaltete Zeitung.

„Die hat einen Fleck, junge Frau."

„Das ist nur Wasser, mein Herr."

„Das ist ein unhygienischer Fleck!"

„Der ist von mir. Lassen sie das Mädchen in Ruhe!"

Erschrocken sah Atlas auf, traf die Augen des Herrn unter dessen wulstigen Brauen und sagte: „Etwa Sabber oder nimmt das Zittern im Alter zu? Verstehe. Kann passieren."

Das Gemurmel der Übrigen hörte er mit Wohlwollen.

„Typisch, wie leicht sie zu manipulieren sind. Man muss ihnen nur Gesprächsstoff liefern."

Mit gekonntem Schwung entfaltete Atlas van Raien die Zeitung und verschwand hinter ihr. Er las den ersten Artikel.

Phobien

Wer kennt sie nicht? Phobien. Die allgemeinen und doch unheimlichen Phobien.
Phobie kommt aus dem Griechischen und bedeutet „Angst".
Bei Phobien spricht man von Angststörungen, die durch besondere Auslöser hervorgerufen werden. Sie können das Resultat einer Begegnung, einer Situation sein. Sie können einer Empfindung entspringen oder gar als innere Zwangsstörung, als Folgeerscheinung Ängste mit sich bringen. Der Drang, diese teils unbegründete Angst zu meiden, stürzt uns immer tiefer in sie hinein. Leider!
Gemäß dem bekannten Sprichwort: „Ein Unglück kommt selten allein", hat sich unsere Phobie dahingehend angepasst. Nicht selten sucht sie ihren Wirt, pflanzt sich in ihm ein und zieht die Vielzahl Anverwandter hinzu, die uns traktieren.

„Ja, ja. Bei jedem von euch. Ihr armen Unwissenden. Wenn sie sich nur mal mit meinen Büchern auseinandersetzen würden." Atlas stierte in seine Espressotasse. Angewidert stellte er sie, ohne auch nur daran genippt zu haben, zurück auf den Untersatz und las weiter.

Die bekanntesten Beispiele finden wir in alltäglichen Situationen. Wer kennt sie nicht, die allgemeine und doch unheimliche
* Klaustrophobie, im Umgangssprachlichen fälschlicherweise mit Platzangst erklärt, obwohl sie gerade beim Gegenteil einen Angstzustand auslöst;
* die Höhenangst, die sich grob in folgende Bereiche aufteilen lässt:
a) Die Akrophobie, die in luftiger Höhe auftritt, obwohl uns keine direkte Gefahr droht, soweit wir uns nicht zwanghaft selbst hineinstürzen wollen.
b) Die Flugangst, die Aviophobie, die uns krankhaft heimsucht und gepaart mit einem Hauch von Akrophobie nicht allein beherrscht, und
c) Die Bathophobie, der scheinbare Auslöser der Höhenangst. Sie lässt den Blick in die Tiefe nicht zu. Hier dürfen wir nicht von Höhen-, sondern müssen von Tiefenangst sprechen.
Des Weiteren fallen in diesen Bereich noch viel, viel mehr situationsabhängige Angststörungen,

die, um der Ausführlichkeit halber einige zu
nennen, wie nachstehend lauten:
Angst vor Lärm – Acousticophobie,
Angst vor Neuerungen – Neophobie,
Angst, verkehrsreiche Straßen zu überqueren –
Agyrophobie
oder gar nur die
Angst vor dem Waschen oder Baden – die
Ablutophobie.

„HA! Klaustrophobie, Akrophobie, Bathophobie
…" Atlas van Raien schnaufte. „Für mich alles
bekanntes Zeug. Ich habe mich so detailliert
damit befasst. Wer sonst soll aus diesem Artikel
schlau werden?" Er blickte kurz auf und
schüttelte abschätzig den Kopf. Schon las er
weiter.

Aber nicht nur Situationen überfordern uns.
Manchmal sind es nur Gegenstände oder
Personen, die Phobien auslösen. Erwähnt seien
hier:
* Die Angst vor Zähnen, d. h. vor dem
Zähneziehen, also weitestgehend vor dem
Zahnarzt als ein Organ des weiß gekittelten

Personenkreises. Wir sprechen von der Odontophobie, der Dento- oder Dentalphobie. Hier fallen sicherlich auch die Ängste ins Gewicht, die sich mit anderen Krankheiten auseinandersetzen. Die Größte von ihnen sei hier erwähnt:

* Die Angst vor Geisteskrankheit - die Dementophobie.

Aber sogar das banale Nasenbluten macht uns Angst. Auch hierfür gibt es ein Fachgebiet:

* Die Epistaxiophobie. Man könnte im medizinisch-biologischen Bereich bleiben und würde sofort auf „Blut" stoßen und die Hemophobie finden. Die Symptome dieser Angst haben wir alle in schlechten Verfilmungen mindestens einmal gesehen oder gehört.

„Uah! Ich kann kein Blut sehen", schrie Atlas, schüttelte aber schnell den Kopf, als die schönen Augen der Bedienung ihn erschrocken anstarrten. Er duckte sich wieder hinter seinem Zeitungsblättchen.

Zuletzt seien hier noch die Ängste vor Tieren dargestellt. Man spricht zusammenfassend von

der Tierphobie oder Zoophobie. Die Wissenschaft
beschäftigt sich detaillierter mit diesen einzelnen
Phobien: so z. B. mit der
Angst vor Hunden - der Canophobie,
der Angst vor Katzen, die unter einer Reihe von
Namen (Aeluro-, Ailuro-, Elurophobie oder
Galeophobie) abgehandelt werden.

„Letzterem ..." Trotz innerer Abneigung flüsterte
der Schriftsteller van Raien. „Letzterem habe ich
ganze vier Abhandlungen gewidmet. So ein
gefragtes Thema. Zumal zusätzlich der Aspekt
des Aberglaubens greift. Hätte der Schreiber
dieses Artikels nicht meine Buchtitel in die
Klammern setzen können, anstatt die
Namensverwandtschaften aufzuführen? Das hätte
was gebracht. Mir zumindest." Er pausierte,
überflog die nächste Zeile. Dann schimpfte er:
„Typisch. Da haben wir es: ein reines
Hexengeschäft. Erst züchten die Weiber die
Viecher und flugs bekommt man ..."

Die Angst vor Hühnern (Alektorophobie),
vor Fröschen (Burono-, oder Ranidaphobie) und

die Angst vor Insekten, wieder als Sammelbegriff
(Entomophobie, bzw. Insectophobie) kann in
speziellen Fachwerken nachgelesen werden.

„Na endlich. Jetzt kommen wir der Sache näher.
Aber Fachwerke muss man auch erst einmal
verstehen. Ich habe das dröge Thema in
pädagogisch wertvolle Fantasy verpackt. Dann
wird es auch gelesen!"

Bei den Kleinsten bereits schon einmal
vorgekommen ist die Spinnen- bzw.
Arachnophobie oder gar diese Ängste vor
Ameisen, Mäusen, Motten oder Läusen bis hin zu
den Würmern.

„Spinnen! Zu banal. Die Kleinsten, die Kleinsten
im Kindergarten ... die können nicht lesen!
Warum sollte ich mir die Mühe machen, mit
diesem Thema meine Sammlung zu
vervollständigen? Reine Zeitverschwendung."

Was geht mit all diesen Phobien einher. Es sind
doch letztendlich nur die Symptome, die uns das
Leben erschweren. Je nach Schweregrad der

Angststörung kommt es zu Schwitzattacken, Schwindelgefühlen, Herzklopfen, Herzrasen, Atemnot, Ohnmacht. Teilweise zeigt sich sogar eine maßlose Übertreibung unserer zwanghaften Phobiebekämpfung, die mit Todesangst enden kann.

Atlas van Raien schnaufte. Stirn und Kinn waren feucht. Druckerschwärze zeichnete das Wetter und einen Comic in den Innenflächen seiner Hände ab. Er rieb sie nacheinander an der eng anliegenden Jeans sauber. Der Artikel hatte ihn geforderte. Krampfhaft hielt er die Zeitung fest.

Lieber Leser, liebe Leserin, Sie merken schon, wir sind unzähligen Phobien ausgesetzt. Hier noch einmal meine Frage:
Wer kennt sie nicht? Phobien. Die allgemeinen und doch unheimlichen Phobien.
Es kann nur eine Antwort geben: niemand.
Niemand darf sich davon freisprechen,
denn JEDER von uns kennt mindestens eine.
Viele machen wir uns selbst. Doch einige sind uns auch leider vorherbestimmt. Wir müssen das unterscheiden. Wir müssen jede einzelne ernst

nehmen und an ihr, an uns arbeiten. Manchmal
brauchen wir professionelle Hilfe dazu.
Lieber Leser, liebe Leserin,
es liegt einzig und allein an Ihnen.
Machen Sie etwas daraus!
(Text von Valeia Memoria, Sozialpsychologin und
Wahrsagerin)
Zur Kontaktaufnahme wenden Sie sich bitte an
die Redaktion.

„Da kommt eine selbsternannte Journalistin aus
einer ganz anderen Branche daher und bringt so
einen bedeutenden Artikel. Und dann direkt auf
der ersten Seite, die ich aufschlage. Womöglich
geht sie noch ins Fernsehen damit. Das ist ein
Fachgebiet! Kein Hokuspokus, meine Dame. Ein
Fachgebiet. MEIN Fachgebiet! Wie viele dieser
Phobien habe ich schon in Buchbänden
abgehandelt?! Alles alte Kamellen! Und jetzt der
Artikel hier: stumpf, farblos. Von einer
Faseltante. Wahrsagerin. Wer liest denn so etwas?
Womöglich nur Analphabeten. Aber hallo!"

Paolo

Hochrot lehnte sich Atlas van Raien zurück und faltete den Artikel auf die Hälfte, auf ein Viertel, ein Achtel, kleiner und kleiner.

„Aber hallo!", wiederholte er entrüstet.

„Hallo? Ach ja, hallo!", antwortete ihm irgendjemand.

Atlas stellte fest, einen weiteren Gast nicht bemerkt zu haben. Er war wohl zwischenzeitlich eingetreten und brach jetzt das Gespräch mit der molligen Frau ab. Der Mann winkte.

„Woher kenne ich den? Den kenne ich."

Der Mann flitzte auf ihn zu. Sein rosafarbenes Nadelstreifenhemd steckte ordentlich in der Bundfaltenhose. Die obersten drei Knöpfe hingegen hatte dieser Knirps vergessen zuzuknöpfen. Seine Panzerkette funkelte golden.

„Herr van Raien? Atlas van Raien?"

„Ja!? Wer will das wissen?"

„Erkennen Sie mich nicht?"

„Sollte ich?"

„Die Buchmesse. Vor Monaten. Unsere Wette?!"

Mit typisch italienischer Geste forderte er Atlas` Antwort.

„Waren Sie einer von uns?" Atlas stutzte. „Soll ich mir jedes Gesicht merken?" Ein künstliches Lächeln zuckte über Raiens Wangenknochen und fror ein.

„Wenn ich mich noch einmal vorstellen darf: Paolo, Autor in spe …"

„Setzen Sie sich! Endlich mal ein kompetenter Geist in dieser Gesellschaft."

Gereizt drückte er den gefalteten Zeitungsartikel zwischen seinen Fingern zusammen, als würde er ein Insekt zerquetschen. Dann steckte er ihn in seine Jackentasche. Atlas` Blick streifte die vollschlanke Persönlichkeit, die sich fast an einem Stück Moccacreme verschluckte, und schwenkte zur Theke. Die Bedienung räumte das Wasserglas weg und wischte nach. Zu van Raiens Erleichterung war der Mann mit Hut gegangen. Abrupt fixierte er die dunklen Augen seines Gegenübers.

„Woran arbeiten Sie? Sind Sie schon weit gekommen? Sie wollen nichts verraten. Richtig? Aber etwas bestellen, oder?" Ohne die Antworten abzuwarten, schnippte Atlas wieder so lange, bis das Mädchen kam. Ihn ignorierend sprach sie stattdessen: „Hallo Herr …"

„Hallo Angelina!", frohlockte dieser.

„Was darf ich Ihnen bringen?"

„Du kennst mich doch."

„Gerne." Sie lächelte den kleinen Mann leidenschaftlich an, nahm ihre Hand schützend vor den Mund und kicherte in sie hinein. Dann verschwand sie.

„Haben Sie das gesehen, HERR Paolo? Das stimmt nicht mit ihr. Sie hat eine Phobie!"

„Nur, weil sie mich freundlich angelächelt hat?"

„Nein", entrüstete sich van Raien, „sie hat diese Halitophobie."

„Was?"

„Oh, Paolo. Ich sehe es an Ihrem Blick. Ganz genau: Es ist die Angst vor Mundgeruch. Deshalb hält sie immer die Hand vors Gesicht. Wie mir scheint, nicht ganz unbegründet. Mangelnde Mundhygiene. Ist sie unsauber?"

„Ist mir noch nie aufgefallen. Sie putzt bei mir privat. Und auch sonst könnte ich jetzt nicht …"

„Sie arbeitet bei Ihnen?"

„Na ja", lächelte er das genüssliche Lächeln eines Gentleman, schwieg aber nicht. „Auch danach tut mir ihre Gesellschaft gut. Sie verstehen?"

Verschwörerisch zwinkerte er und schnalzte mit der Zunge.

„Jetzt hören Sie auf! Haben Sie das nicht gesehen? Mitten in ihrem Gesicht …" Van Raien brach ab. „Wie können Sie?"

„Sie ist doch ein hübsches Ding."

„Beim Putzen wäre es mir vielleicht egal, aber …" Er schüttelte den Kopf, als hätte er Parkinson. „Ihr muss geholfen werden. Sie hat sicherlich noch mehr Phobien."

„Sie sind zu kleinlich, Herr van Raien. Bei dem einen sieht man die eben gleich, beim anderen kann man sie nur erahnen. Angelina ist auch nur ein Mensch, so wie Sie und ich."

„Was hat die nur für Zähne", empörte sich Atlas van Raien, „so alt ist die noch gar nicht. Wenn ich das hätte! Die Zähnezieherei in meiner Jugend. Das orthopädische Richten über Jahre hinweg, das könnte die Angst vorm Zahnarzt erklären. Und trotzdem. Sehen Sie selbst." Mit breitem Grinsen zeigte er Paolo seine makellosen Zahnreihen. Brillantweiß rundeten sie Atlas` Aussehen ab. „Und, HERR Paolo, was sagen Sie?! Darüber bin ich auch hinweggekommen. So sieht es aus!"

„Ganz weiß. Äh, ich weiß." Sein Blick schwenkte zur Theke hinüber. Angelina lächelte ihm zu. Wieder hielt sie genant die Hand vor die Lippen. Man hätte ihre Handbewegung weiterdenken und den fliegenden Luftkuss zu Paolo sehen können. Er indessen drehte sich zu van Raien um und seufzte: „Übernächste Woche beginnt sie eine Ausbildung im Krankenhaus."

„Das ist gut." Der Autor hob die Faust und streckte den feinsäuberlich manikürten Daumen abwechselnd Paolo und dem Mädchen entgegen. Unter anerkennendem Kopfnicken sprach er weiter: „Angst vorm Zahnarzt zieht über kurz oder lang die Angst vor allen Ärzten nach sich. Das löst sie gut. Wo geht sie hin?"

„Irgendwo ´gen Süden. Sie hat es mir gesagt. Ich habe nicht richtig zugehört. Ich hatte anderes im Sinn. Aber ich überlege ernsthaft, ihr nachzufahren. Zumindest möchte ich sie bei ihren ersten Arbeitstagen begleiten. Stoff, über den man schreiben kann, findet man überall. 500€!" Paolo träumte, „nicht, dass ich es nötig hätte. Die 500 würden Angelina reichen." Er fummelte an seinen Ringen herum.

„Mann! Dann ist Ihr Geld futsch. Lösen Sie sich von ihr. VORHER!"

„Angelina will, das…"

„Gut! Das ist nicht nur gut, das ist besser! Dadurch kriegt ANGELINA das Problem voll in den Griff. Ein Neustart. In fremder Umgebung. Optimal!" Atlas schnalzte, wie Paolo es zuvor getan hatte, mit der Zunge und zwinkerte.

Beide Herren betrachteten mit unterschiedlichen Empfindungen das zierliche Geschöpf. Das Abbild einer Elfe stand geschützt hinter der Theke und lächelte anmutig aber beschämt die Gäste an.

„Sie ist mein armes Püppchen. So hübsch, aber die Zähne. Jammerschade. Van Raien, Sie haben Recht, wahrscheinlich Recht in allem, was Sie sagen."

„Ich habe Recht? Ich habe kein Mitleid. Das ist es. Sie soll sich überwinden und die Kauleiste richten lassen!"

„Sie ist ein armes Püppchen. Verstehen Sie das nicht? Das kostet viel Geld. Sie jobbt überall, alles und so oft es geht. Und jetzt auch noch so weit weg. Leider kann sie sich ein neues Gebiss nicht so einfach leisten."

Jetzt verstand Atlas. Daumen und Zeigefinger zwirbelten unsichtbare Scheine.

„Da kommen Sie ihr gerade recht. Tja, Geld regiert die Welt. Bin ich froh, dass wir - meine Frau - sehr gut verdient. Wir sind schon glücklich dran."

„Ja, Sie! Mit Ihren vielen Veröffentlichungen. Wie viele, sagten Sie, sind es nun?"

Atlas winkte ab. „Unzählbar", protzte er.

Paolo verzog anerkennend das Gesicht: „Und jetzt hätten Sie auch noch die Chance auf das Geld unserer Wette. Ich gehe mal stark davon aus, dass Sie sie gewinnen werden. Bei Ihrem Können."

Wetten

Atlas van Raien lachte überheblich: „Guter Paolo, was sind schon 500 Euro? Dafür mache ich mich nicht krumm. Oder glauben Sie, ich werde plötzlich Bäume ausreißen? Falls mir nicht eine geniale Idee, ein außergewöhnliches Thema in den Schoß fällt, schreibe ich nicht mit."

„Aber Sie hatten eingeschlagen", wunderte sich Paolo. Er nahm seine Kette zwischen die Zähne, kaute auf ihr herum, bis er sie ausspuckte. Mit seinen Fingern strich er die einzelnen Glieder trocken.

Atlas starrte auf die Hände seines Gegenüber.

„Was tut man nicht alles im Zwang?", brummelte er und schüttelte das aufkommende Gefühl ab.

„Wie meinen Sie? … Ach, verstehe schon. Der Gruppenzwang."

Nach der Serviette greifend nickte Atlas. „Sie, nein, alle brauchten einen Konkurrenten, sonst hätte dieses Spiel keinen Sinn."

Der dunkelhaarige Italiener sah ihn ungläubig an. „Also ich bin begeistert. Wann bekommt man denn mal so eine Motivation?!"

„Sehen Sie! Genau aus diesem Grund habe ich mich bereiterklärt, mitzumachen. Der Wettgewinn! Sie sollen sich schon ein bisschen anstrengen. Ich weiß, ich weiß. Es ist ein wenig ungerecht. Viele schreiben ja noch nicht so lange wie ich. Manch einer hat auch noch keinen Verlag, bei dem er seine Manuskripte sicher platzieren konnte, und braucht diesen Kick. Ein echter Ansporn für Sie", lachte er kurz auf. „Ich wollte nicht überheblich wirken und als Spielverderber abgestempelt werden. Deshalb schlug ich ein."

Paolo legte die Stirn in Falten: „Sie haben gar nicht vor mitzumachen?"

„Das sagte ich bereits, guter Mann. Sollte mir etwas Geniales in den Schoß fallen, das ich bisher nicht abgehandelt habe, dann vielleicht. Aber an sich halte ich nichts von Wetten. Wetten zu Buchveröffentlichungen bringen Unglück. Das ist wie mit der schwarzen Katze von rechts nach links."

Paolo wusste nichts zu erwidern. Seine Augen suchten im Raum nach einer willkommenen Ablenkung und trafen den Zeitungszipfel, der aus der Jackentasche lugte.

„Sie haben die heutige Zeitung gelesen?"

„Sicher!"

„Auch den Artikel über die Phobien?"

Atlas nickte. „Ja! Mein Spezialgebiet. Die habe ich alle."

„Wirklich? Haben Sie alle abgehandelt? Fehlt Ihnen auch nicht die klitzekleinste? Damit könnten Sie einen Treffer landen." Atlas antwortete mit dem Zucken seiner Schultern und schüttelte den Kopf. Ihn ärgerte, dass ihm sein Gegenüber nicht zuhörte. Also schwieg er.

„Aber was rede ich da? Ich bringe sie noch auf eine Idee, Herr van Raien. Falls Sie nicht schon längst etwas Geheimnisvolles austüfteln, erwecke ich womöglich meine größte Konkurrenz in Ihnen zum Leben."

„Herr Paolo, da seien Sie mal beruhigt. Zum Mitschreiben: Die Phobien, sei es die Halitophobie …" Der stutzende Blick des Gegenübers bestätigte ihm seine Unwissenheit. Einfacher und langsamer versuchte Atlas auszuführen: „Die Halitophobie, die Angst vor Mundgeruch, zum Beispiel. Wir hatten sie vorhin. Sie kann unter Zwangserkrankungen eingeordnet

werden, als Folge der Dentalphobie. Kommen Sie
mit? Ihre Kleine, ja?!"

„Ja."

„Die habe ich schon abgehandelt. Zumindest
theoretisch. Dann habe ich bereits in
Akten-Aufschrieben die Klaustrophobie im
Gegensatz zur Agoraphobie erläutert. Die Akr…,
ach", er brach ab, „was erzähle ich Ihnen denn.
Sie haben den Artikel gelesen und sicherlich
verstanden."

Fordernd musterte Atlas ihn. Paolo schaute
irritiert. Wieder nahm er seine Kette in den Mund
und lutschte an ihr herum.

„Ich wusste es! Der Artikel hat sie verschüchtert.
Sie sehen ängstlich aus. Richtig! Ich habe mich
auch mit den Symptomen der Angst in
unzähligen Skripten befasst. Ich bin sogar auf die
Angst gestoßen, die verursacht, dass man alles,
sogar eine Moccatorte nach der anderen in sich
hineinstopft. Wie viele Keime und Hühnereier
nur in dem Biskuitboden stecken. Ekelhaft!
Momentan fällt mir der Name dieser Phobie nicht
ein." Sein Blick schnellte zu Paolo zurück.
Dieser ließ ab von seiner Kette und suchte nach
Worten. „Ich kann Ihnen nicht helfen. Deshalb

hatte mich der Artikel so fasziniert. Für mich ist das absolutes Neuland."

„Neuland? Sehen Sie sich mal um! All diese Phobien habe ich schon …"

„Auch die einfachen?", unterbrach ihn Paolo.

„Die einfachen!" Atlas van Raien verzog das Gesicht verächtlich.

„Ja. Vielleicht so etwas wie Platzangst, Höhenangst, einzelne Tiere, Spinnen oder so." Mit feuchten Fingern spielte der kleine Autor an den obersten drei Knöpfen seines Hemdausschnittes herum. Sein Blick suchte den der Bedienung.

Widerlich! Warum hört mir eigentlich niemand zu? Ist das zu schwer?, dachte van Raien und sagte nur: „Alle zu banal!"

„Aber die betreffen die breite Masse. Viele Leser können sich damit identifizieren. Sie würden den Volltreffer landen."

„Wie Sie, Herr Paolo? Schon einen Verlag geschnappt?" Anerkennend, ein wenig ironisch zeigte er ihm den gepflegten Daumen.

„Sicher", wehrte Paolo ab, „Sie haben das nicht nötig und wollen Ihren Verlag nicht wechseln.

Doch vielleicht ist ein zweites Standbein auch für Sie von Interesse."

„Meine Frau arbeitet."

„Okay, vielleicht ist ein drittes Standbein: Ähnliche Schreibweise mit neuem Kick auch woanders gefragt. Sie müssen es einfach versuchen! Ehrlich. Warum wollen Sie nicht?" Paolo lehnte sich im Stuhl zurück und verschränkte die Arme vor der Brust. Mit verschmitztem Lächeln lauerte er.

Atlas beugte sich geheimnisvoll über den Tisch und antwortete vertraulich: „Herr Paolo, Sie haben mich ertappt." Er lachte kurz auf. „Meine Frau will nicht. Sie will, dass ich ruhiger werde. Zu viele Skripte lagern schon im Keller bis hin zum Dachboden. Noch eines und wir könnten umziehen. Das hieße Stress für die Gute. Sie kennen meine Frau nicht." Ruckartig schmiss sich Atlas zurück in den Stuhl und lachte übertrieben. Ein Lachen, das so laut, hohl und tief klang, dass man nicht geglaubt hätte, es sei diesem Körper entsprungen.

Paolo kicherte höflich mit und bemerkte die abfällige Geste hinter Angelinas vorgehaltener Hand. Er nickte und ergriff trocken das Wort.

„Was sagen Sie denn rein fachlich zu diesem Zeitungsartikel?"

„Zu flach. Alles nur Theorie. Diese Autorin, soweit man sie überhaupt Autorin schimpfen sollte, hat schlecht recherchiert. Trocken, klinisch, Fachbegriffe ohne Bezug aufs Leben. Mir wurde übel!"

„Wie würden Sie an die Sache herangehen?"

„Ja, wie sonst auch!"

Paolo schenkte Atlas van Raien einen unterwürfigen Dackelblick. „Sorry, Herr van Raien, ich muss leider zugeben, dass ich keines Ihrer Werke gelesen habe. Auf der Messe habe ich das erste Mal durch SIE von Ihren Stücken und Erfolgen gehört. Aber leider noch keine Zeit gefunden eines zu kaufen, geschweige denn eines zu lesen. Tschuldigung!"

„Ach, was. Nicht so schlimm. Sie sind ja noch jung, sicher werden Sie im Laufe Ihres Lebens mal ein Buch von mir im Buchladen finden. Und wenn es erst ist, wenn ich schon längst tot bin. Da glaube ich ganz fest dran."

Zuerst wollte Atlas eine neue Lachattacke anstimmen, wirkte nun aber in sich gekehrt. Hatte ihn das Desinteresse seines Mitstreiters so enttäuscht? Oder nur der Gedanke an seinen Tod traurig gestimmt?

„Hallo! Herr van Raien?", holte Paolo ihn zurück, „wie gehen Sie nun an die Sache heran?"

Atlas van Raien richtete sich auf, zog die Schultern hinab und schob die Brust vor. In seinem Stuhl war er um Längen gewachsen. Seine Gedanken kreisten um seine Arbeit, seine Leserschaft, seine Genialität als Fachmann.

Paolo haftete an seinen Lippen. „Erzählen Sie", hauchte er, „wie wollen Sie mitmachen?"

Van Raien legte die Handflächen ineinander und spannte alle Muskeln an. „ICH WILL NICHT!", schrie er plötzlich, „kapieren Sie das endlich!" Mit der flachen Hand schlug er drei Mal auf den Tisch. „Punkt! Aus! Basta!"

Alles starrte. Paolo fuhr zurück. Die Situation war äußerst peinlich. Atlas van Raien genoss sie und flüsterte ihm über den Espresso hinweg zu: „Ich mache erst einmal Urlaub mit meiner Frau. Das haben wir uns verdient. Wir fahren in zweieinhalb Wochen nach Italien, da ist es bereits herrlich warm. Da können wir in einem echten italienischen Café sitzen, die Sonne genießen und werden von einem freundlichen Lächeln begrüßt." Mit abfälliger Drehbewegung Richtung Ausgang schnaufte er und schwieg endlich.

„Der Regen hört bald auf", sagte Paolo, „aber Sie haben sicher Recht. Urlaub kann nie schaden. Ich wollte, ich hätte auch die Zeit dazu. Stattdessen gebe ich mir den Stress mit der Wette." Er blickte auf die Armbanduhr und presste die Lippen zusammen. Neidisch schaute er Atlas an.

„Vielleicht habe ich das auch irgendwann nicht mehr nötig - wie Sie, bzw. Ihre Frau. Ich wollte, es wäre schon so weit."

„Das kommt, das kommt!"

Wer kam, war die Kellnerin. „Haben Sie noch einen Wunsch?", fragte sie kühl und lächelte jetzt eher gequält.

„Die Rechnung, Fräulein!"

„Drei Euro fünfzig, bitte. Aber Sie haben Ihren Espresso ja gar nicht getrunken. War etwas nicht in Ordnung?"

„Die Gesellschaft!" Erschrocken blickte Paolo auf.

„Sie meine ich nicht unbedingt." Mit einem Kopfnicken deutete er zur Mitte des Raumes.

„Und außerdem schwimmt ein Haar in meiner

Tasse. Ein graues! Das kann unmöglich von uns sein."

„Aber außer Ihnen, mein Herr, hat hier keiner …" Sie verstummte.

„Sicher hat sich der Herr mit Hut vorhin über den Tresen gebeugt oder beim Absetzen seiner Läusemütze die letzte Haarpracht in meinem Espresso verloren, der Glatzkopf!" Er schimpfte, „dass Sie mir das noch berechnen wollen. Unverschämt!"

Verlegen schaute die Kellnerin Paolo an.

„Ich übernehme das schon, Herr van Raien. Es ist mir eine Ehre, dass ich Sie einladen durfte. Ende des Jahres werde ich es als Verkostung im Beratungsgespräch steuerlich absetzen. Dann, wenn ich auch so berühmt bin wie Sie", lachte er gezwungen.

„Strengen Sie sich an! Ich will eine spannende Story von Ihnen lesen."

„Ich werde mir Mühe geben. Machen Sie es gut, van Raien. Genießen Sie den Urlaub in meiner Heimat."

„Witzig", sagte Atlas knapp. Mit Graus dachte er an die lange Fahrt im engen Auto, welches das teure Benzin schluckte. Zugleich zeichneten sich

Bilder überfüllter Autobahnen und unendlicher Staus ab, die von Rasern auf den wenigen freien Stücken provoziert wurden. Jedoch lauerte das Schlimmste auf ihn: die Schreibpause, zu der ihn seine Frau so unerbittlich zwang, obwohl sich mit dieser Halitophobie etwas ergeben könnte. Sicher würde ihn der Entzug umbringen. Konnte Emma das zulassen?

Etwas schoss auf ihn zu. Paolos dargereichte Hand brachte ihn in die Realität zurück. Er zögerte, sie zu berühren, und winkte ihm einfach nur lässig zu.

Der kleine Autor erstarrte in seiner Absicht. Er griff in großem Bogen an die Gesäßtasche seiner Bundfaltenhose, holte die Geldscheinrolle heraus und überspielte die Situation mit den Worten: „Den Urlaub brauchen Sie. Ich schätze, er wird für Sie vielleicht spannender werden als meine Story. Ganz sicher sogar! Sehen wir uns in Frankfurt auf der Buchmesse?" Atlas mit dem unnahbaren Blick antwortete nicht.

„Vielleicht bringen Sie Ihre Frau mit. Wäre nett, die gute Fee neben Ihnen kennenzulernen. Vielleicht können wir Ihre Gattin überzeugen und

Sie dürften wieder. Wenn nicht jetzt, aber zukünftig."

Ohne ein Wort drehte Atlas ihm den Rücken zu, zupfte seine Jacke zurecht und griff nach dem Regenschirm. Erhobenen Hauptes ging er an dem geblümten Kleid vorbei. Eine Horde Schüler stürmte herein.

„Üble Gesellschaft!"

Die Tür schloss sich hinter ihm.

IRGENDWO ´GEN SÜDEN

Gesellschaft

Atlas van Raien schlug die Augen auf.

„Wo bin ich?"

„Hiär! Meista!"

„Hier. Wo ist hier?"

Sein Blick war verschwommen. Das Licht der Neonröhre erschwerte es, die Umrisse des Raumes zu erkennen. Kirchliche Gemälde schmückten die weißen Wände. An der Fußseite seines Bettes hing ein Fernseher in einem metallenen Gestell.

„Dea iss kapputt, schonn zwei Taagä."

„Ach, so." Atlas drehte den Kopf zu dem Herrn, der ihn ungefragt aufgeklärt hatte. Dabei fühlte er den Schmerz, der seinen Nacken durchzog. „Wer sind Sie denn?"

„Ich bin Piet. Piet Hanssen. Piet mit i-ei!"

„Mit i-ei. Na, dann."

„Na, denn! Meista! So viel mutt sain."

Arrogant guckte Atlas van Raien Piet an.

„Wo ich herkomme, heißt es ´na, dann`. Man spricht es mit ´a`. Das ist auch logisch. Wie der erste Buchstabe im Alphabet! A bc. Oder wie ein

A-Schüler, doch der waren Sie bestimmt nicht. Richtig?"

„Wo komms du denn wech. Oben außen Noaden nich."

„Für Sie weiter links auf der Karte. Grenze."

„Is imma schiet Wedda. Unn bei dia? Jeda füa sich. Ainzeln. Allain. Kain sonnig Gemüt begechnet dia da. Abba du kenns datt ja. Ich sach nua Italien. Du auch, wa?"

Da fiel es Atlas wieder ein. Er war mit seiner Frau auf dem Weg nach Italien gewesen. Warum lag er im Krankenhaus?

Er starrte auf seine weiße Bettdecke. Sie zeigte akkurat gemangelte Knickfalten und legte sein Bein frei. Atlas erschrak. Seine wohltrainierte Wade steckte bis zum Oberschenkelhalsknochen in einem Gips und baumelte in einer Schlinge. Die Zehen waren sauber, aber ohne Socken.

Die Tür ging auf.

„Piet, mein liebster Piet, wie ist dein wertes Befinden heute?"

„Ganz gut, meine Liebe. Mein gebrochenes Bein schmerzt nicht mehr. Du weißt ja: Geteiltes Leid ist halbes Leid." Er zwinkerte dem verdutzt schauenden Atlas zu und flüsterte: „Ich kann auch anners. Datt is maine Sprachtante. Die bringt mich datt Laisen bai!"

„Verstehe schon." Atlas rollte mit den Augen.

„Oh, ich sehe, mein Guter, du hast Gesellschaft erhalten. Welch amüsante Parallelen zeigen sich mir? Das heilt schnell. Ein gebrochenes Bein ist kein gebrochenes Herz oder gar eine gespaltene Persönlichkeit." Sie lachte.

Piet wollte die Anspielung wettmachen und sprach: „Ja. Wenn ich dia, äh … dir vorstellen darf." Er blickte Hilfe suchend zu Atlas: „Wie haißt du denn glaich?"

„Was?"

„Wie du haißt, Mann!"

„Atlas, Atlas van Raien."

„Och souo. Deshaalp. Mit vielen ´As`. Sicher auch A-Schüler, Meista. Hahaha!"

Zu seiner Lieben gewandt sprach Piet: „Du hast es gehört. Der Herr heißt Atlas, Atlas van Raien mit vier ´As`."

„Ja, sehr angenehm. Auch seine Gemahlin, der ich auf dem Gang begegnen durfte, ist eine nette Persönlichkeit. Sie möchte die Formalitäten regeln und ist in die Empfangshalle des Hospitals entwichen."

Die geschwollene Aussprache passte zu der kugelrunden Frau mit den braunroten Haaren. Sie trug über ihrer gebatikten Bluse verschlungene Ketten aus Steinen und Hühnerfedern, die durch einen Zahn oder ein Knöchelchen abgesetzt waren.

Atlas drehte langsam seinen Kopf zum Fenster und blinzelte in die Sonne. Bäume konnte er nicht erkennen. In der Ferne sah er eine Kirchturmspitze. Der Himmel war wolkenlos.

„Watt hatt der denn?", flüsterte Piet ihr zu.

„Nun mache dir deine Sprache bewusst, mein Lieber. Sie ist so wichtig fürs Leben. Wir haben solch enorme Fortschritte gemacht. Ein Rückfall entreißt uns unseren mühsam errungenen Erfolg."

„Tschuldigung! Äh, was hat der dann, äh … denn, Valeia?" Atlas stutzte.

Valeia tippte alle Finger nacheinander und synchron gegen die jeweiligen Daumen. Sie schloss dabei die Augen und fiel in Trance.

„M-m-m-mh, m-m-m-mh, m-m-m-mh. Die Aura, die ich fühle, ist gespalten. Ein großer Geist wohnt in diesem Körper. Er bekämpft etwas. Ich spüre einen Hauch von Angst. M-m-m-mh."

Die Tür ging auf und riss Piets Besuch aus der Konzentration. Emma van Raien betrat den Raum, begrüßte die Anwesenden und steuerte um das Bett herum auf ihren Mann zu.

„Gut, du bist wach." Er blinzelte sie stumm an.

„Atlas, es ist alles geregelt. Ich habe dir ein paar Blümchen mitgebracht. Für deine Psyche. Wiesensalbei gibt es leider noch nicht. Haben wir hier irgendwo eine Vase?"

„Aber selbstverständlich, meine Liebe. Direkt neben dem Schwesternzimmer. Sie können den Schrank nicht verfehlen. Er ist beschriftet. Wie die duften!" Valeia Memoria nahm ihr zuvorkommend die Blumen ab und legte den violetten Bund behutsam auf Piet Hanssens Nachttisch.

„Danke", strahlte Emma und entschwand.

„Herr van Raien, Sie hatten also diesen unheimlich schweren Sturz aus der Höhe", sprach sie ihn an, obwohl er ihr immer noch abweisend den Rücken zukehrte.

„Ich?!" Nur schwerfällig drehte er sich um. Sie tippte unaufhörlich mit den Fingern gegen die Daumen. Er wurde nervös.

„Watt, du hass Höhnaangst, Meista!"

„Piet!"

„Das kann nicht sein! ICH doch nicht!"

„Ich sehe es deutlich in Ihrem Antlitz, Herr van Raien. Verdrängung. Der Klassiker!"

Atlas schnaubte.

„Guter Mann, Sie wollen sich also nicht daran erinnern. Sie müssen sich Ihrer Höhenangst stellen. Sie müssen damit umgehen können, um sie zu lösen. Was genau haben Sie denn? Die Akrophobie, die in luftiger Höhe auftritt und eine Angststörung ist, obwohl Ihnen keine direkte Gefahr droht? Soweit Sie sich nicht zwanghaft selbst hineingestürzt haben, wie an dieser Treppe. Oder die Flugangst, die Aviophobie, die Sie eher krankhaft heimgesucht hat und Sie gepaart mit einem Hauch von Akrophobie beherrscht? Aber Sie sind ja mit dem Auto gefahren. Selber? Nein, richtig! Ihre Frau musste.

Dann ist es nur die Bathophobie, der scheinbare Auslöser Ihrer Höhenangst. Sie lässt Sie nicht in die Tiefe blicken. Hier sprechen wir nicht von Höhen-, sondern von Tiefenangst.

Sicherlich haben Sie von allem etwas!"

Daher kannte er sie. Der außergewöhnliche Name, die Wahrsagerei und jetzt die Psychoanalyse.

Vor seinem inneren Auge blätterte der Zeitungsartikel wieder auf. Vor zweieinhalb Wochen hatte er ihn mitgenommen und in seinem Keller in dem Eimer verschwinden lassen. Mit diesem Artikel und nun mit der Psychoanalyse seiner eigenen Person griff sie eindeutig und unbarmherzig in sein Fachgebiet ein. Das stand ihr nicht zu. Seine Augen verengten sich zu Schlitzen und fixierten sie.

Wieder ging die Tür auf.

„Ich finde den Schrank nicht und im Schwesternzimmer ist niemand.“

„Kein Problem, ich helfe Ihnen gerne. Andere Menschen aus ihrer Zwangslage zu befreien, habe ich zu meiner Berufung gemacht“, zwitscherte Valeia und glitt hinter Emma van Raien aus dem Raum.

„Puh, die is aansträngend.“

„Was hat die mit Ihnen zu schaffen?“

„Meista, ich heiße Piet! Und die hilf mia, datt Laisen zu kapian unn mit maine Phobien klaar zu kommen. Sowait datt geiht!“

„Äh, Piet, aber wäre es nicht besser, Sie, du
würdest auch bei mir versuchen, Hochdeutsch zu
sprechen?"

„Wennst mainst. Jou! Dann versuch ich datt ma."
Er räusperte sich. „Mit Hilfä einer Anlauttabelle
komme ich Schritt für Schritt dem Laisen und
Schraiben näher. Sie hat mir maine Ängste vor
den Lährern und der Schule in meinä Kindheit
analysiert und ein bisschen stimmt datt auch. Ich
mach Fortschrittä!"

„Kleine, wie mir scheint. Sie sollten mal meine
Bücher lesen."

„Du biss ain Bücha-Schraiba?"

„Autor." Atlas zwinkerte ihm zu.

„So gut laisen kann ich noch nich. Abba datt
wiad. Unn bei dem Anspoan."

Fröhlich gibbelnd kamen die beiden Frauen
herein. Emma füllte die Vase und platzierte den
duftenden Strauß auf dem Fensterbrett an Atlas`
Bett.

„Ihhh! Watt isss datt dannn!" Piets entsetzter
Aufschrei schoss Atlas durch Mark und Bein.
Nun ging alles sehr schnell. Das Bett rückte, trotz
festgestellter Bremse, durch Piets panische
Bewegungen von der Wand weg.

Ohrenbetäubendes Quieken stieß aus dem angstverzerrten Gesicht des Mannes. Valeia trällerte mit beruhigendem Singsang auf ihn ein, der jedoch seine Panik noch verstärkte. Emma flitzte ums Bett herum und fegte etwas von Piets Nachttisch. Atlas van Raien schlug mit der flachen Hand auf seine Bettkante. Zwei Nonnen stürzten herein.

„Es ist die Spinne dort!" Valeia Memoria zeigte auf Piets sauberen Nachttisch. Außer einer Art Lesezeichen war dort nichts zu sehen. Alle stutzten.

„Sie ist aus dem Flieder gekrabbelt! Wo ist sie jetzt?"

Beim Wort 'gekrabbelt` überkam Piet eine weitere Panikattacke. Die Nonnen schoben ihn mit: „Meine Damen, wir kümmern uns um Herrn Hanssen", hinaus. Vor der Tür verstummten die Stimmen.

Im Raum selbst zeichnete sich eine wilde Hetzjagd ab, die Atlas van Raien amüsiert betrachtete. Die Frauen suchten und suchten. Vergebens.

„Frau van Raien, wir müssen die achtbeinige Thekla finden, sonst kann Piet nicht mehr zurück.

Er ist ohnehin schon wieder verbal der Alte geworden."

„Ist es so schlimm", fragte Emma.

Ihr Mann schmunzelte: „Ist unser Mann ein Männlein?"

„Schlimmer noch! Eine duselige Spinne ist der wahnsinnige Grund, warum er mit einem Beinbruch hier im Sankt-Mariannen-Stift liegt."

„Ja, ja, meine Damen, Spinnen haben enorme Kräfte", kroch die pure Ironie aus dem Autor.

„Was wissen Sie denn schon?", giftete Valeia und wandte sich freundlich an seine Frau: „Mein Piet Hanssen ist krank. Er kommt im Leben und vor allem mit seinem Leben nicht mehr alleine klar. Er braucht fachmännische …", sie lachte, „lieber fachfräuliche Hilfe. Fachfräulich, nicht im Sinne von ärztlicher Betreuung. Nein, fachfräulich, im Sinne von einer Frau, die von diesem Fach etwas versteht."

Emma nickte zustimmend.

„Weiber. Das heißt fachfraulich", nuschelte Atlas. Aus Valeias Mund hörten sich die übrigen Worte und Gedanken merkwürdig verdreht an, obwohl es dieselben waren, die er als FachMANN im Café mit Paolo gewechselt hatte.

„Mein Piet braucht eine Fachfrau, die seine Phobie, seine augenblickliche Lage, seine kranke Welt versteht. Und das bin ich. Er liebt mich. Die Arbeit mit mir macht ihm Spaß. Er erkennt seine Erfolge."

„Hoffentlich, du fachfräuliche Faseltante!"

In sachlichen Ausführungen versunken krochen beide Damen auf dem Boden herum und tasteten um die Rollen der Krankenbetten.

Beziehungen

„Wir wollten im idyllischen Park eine weitere
Leseeinheit vollziehen. Fremde Umgebung, neue
Situation, frischer Wind und so. Doch ich hatte
die Erstlesebücher vergessen und war gezwungen
zurückzufahren", sagte Valeia Memoria.
„Ach, richtig. Piet mit i-ei, der Analphabet. Na,
denn, Meista!"
Die mollige Frau ignorierte Atlas' Kommentar.
„Im Park auf der Bank muss sich diese Spinne
abgeseilt und ihn zu Tode erschreckt haben.
Voller Panik ist er mir geradewegs in die Arme
gerannt. Besser gesagt: geradewegs vors Auto.
Ausgerechnet vor meins!" Valeia kamen die
Tränen. „Na, wenn das mal kein Zufall war."
„Sei still, Atlas", fauchte ihn Emma an. „Sie
müssen entschuldigen. Mein Mann kann
zwischen Realität, Phantasie, Krankheit und
Normalität nicht mehr unterscheiden. Dadurch
hat sich sein Benehmen über Jahre hinweg völlig
aufgelöst."
Atlas schwieg verdutzt.
Valeia stöhnte, griff sich an die Halsketten und
streichelte die Zähnchen neben den

Hühnerfedern. „Wenn nur mein Morle jetzt hier wäre. Er hätte die Spinne schon längst zwischen seinen Krallen."

„Typisch. Sie hat auch noch eine Katze. Eine schwarze sicher. So von rechts nach links und so. Kein Wunder, dass Piet im Krankenhaus liegt. Schlechter Einfluss, meine Dame."

„Herr van Raien, das ist Aberglaube, das hat nichts mit Beinbrüchen, Krankheiten oder Phobien zu tun."

„Doch, doch, da greift schon mal eins ins andere. Aber das müssten Sie als Hexe doch wissen!"

„Atlas, jetzt reicht's!" Emma baute sich vor seinem Bett auf. Sie stemmte die Fäuste in die Hüften.

„Lassen Sie ihn. Er weiß es nicht besser."

„Frau Memoria, wie verständnisvoll Sie sind. ICH habe keines mehr", giftete Emma ihren Ehemann an, „Frau Valeia, mir scheint, dass Sie sich, egal was kommt, förmlich aufopfern. Ist es das wert? Ist er das wert? Machen Sie niemals eine Pause?"

„Pause in dem Sinne gibt es nicht mehr. Diese Arbeit währt das ganze Leben, mein ganzes Leben. Alle Tricks habe ich ausprobiert.

Psychoanalyse, Wahrsagerei, selbst Zeitungsartikel habe ich geschrieben. Und wofür?"

Zum Erstaunen des Ehepaares Raien fing Valeia an zu weinen. Verlegen half die Autorengattin der pummeligen Frau auf. Ihr Atlas hatte keinen bösen Kommentar abgegeben, obwohl Emma in dieser beklemmenden Situation seine überschwängliche Prahlerei zu den unzähligen Skripten befürchtet hatte. Stattdessen lag er grinsend im Bett und drückte die rechte Hand verkrampft auf die Bettdecke.

„Was grinst du so?"

„Schon lästig, diese Phobieleidenden. Furchtbar anstrengend! Tausend Bände sind Beweis genug. Nicht wahr?!"

„Was hast du da?"

„Nichts." Es zuckte um seine Mundwinkel. Den Kopf wollte er nicht schütteln.

„Kommen Sie mit, Frau Memoria! Er will uns nicht zeigen, was er unter seiner Hand hat."

Mit vereinten Kräften lupften sie seinen Arm und drehten die Handinnenfläche nach oben. Valeia Memoria schrie auf:

„Oh, nein! Was ist das? M-m-m-mh,
m-m-m-mh." Sie fiel in Trance. Ihre Augen
blieben starr. Der Körper schwankte hin und her.
„Emma, seine Lebenslinie! Ihnen steht ja
Schreckliches bevor! Ich sehe unbekanntes Land,
das er betritt. Ein dunkles Loch. Zu hoch will er
hinaus. Alles wird schwarz. Welch Unheil naht!
M…" Valeia ließ vor Schreck Atlas` Hand aufs
Bett fallen. Sie fädelte von hinten mit beiden
Daumen in die Knochenfederkette ein und tippte
unter dem bekannten „M-m-m-mh" alle
Fingerspitzen nacheinander gegen die obersten
Daumenkuppen. Es schien fast so, als würde sie
einen Schutzwall gegen das nahende Unheil
heraufbeschwören.

Emma van Raien unterbrach sie: „Hat er denn die
Spinne erwischt?"

„Natürlich hab ich die erwischt."

„Nein, hat er nicht. Sie krabbelt Ihnen entgegen.
Da! Packen Sie zu!" Die Wahrsagerin löste sich
aus ihrem Zauber.

„Gleich haben wir dich Übeltäter."

Beide Frauen hechteten vor.

„Und, Frau van Raien?"

„Sie ist zu tricky, anders als unsere daheim im Keller."

„Mensch Mädels, Spinnen verhalten sich anders! Sie flitzen durchs Leben. Wenn nicht gerade jemand Flieder anschleppt … und sie aus ihrer gewohnten Umgebung reißt." Mit der linken Hand fächelte sich Atlas van Raien den Duft der Blumen zu und atmete tief ein. „Fast Wiesensalbei, farblich zumindest. Auf jeden Fall machen Spinnen in geschützten Winkeln Zwischenstopps, bevor sie losstürmen. So viel verrate ich euch."

„Wie du?"

„Klar ich! Wer sonst kennt sich aus?!"

„Nein, ich meine: Zwischenstopps - wie du! Sonst wären wir ja durchgefahren. Du Spinner." Beide Frauen sahen Atlas` Mimik und lachten über seinen missglückten Aufklärungsversuch.

„Mein werter Herr, machen Sie sich nichts daraus. Ich war auch gezwungen, anzuhalten. Enorm viel Stress auf einmal ist ungesund für alle Lebewesen. Abschalten tut manchmal gut. Abschalten vom Alltag, in den sonnigen Süden fliehen."

„Bestimmt! Bestimmt ist die Spinne schon längst dort, so langsam, wie ihr beiden seid", unterbrach er mit wiederhergestellter Abneigung Valeias Ausführung.

„Italien!!!", schwärmten die Frauen wie aus einem Munde.

„Luftveränderung. Andere Umgebung, neue Eindrücke. Und nun, was macht mein Piet?!"

„Frau Memoria, die Veränderung hat er nun. Und zusätzlich noch die furchtbar nette Gesellschaft meines Mannes." Emmas böses Augenspiel galt ihm. „Im Krankenhaus wird er gut betreut. Lassen Sie Piet hier und fahren alleine weiter."

„Würden Sie das tun?"

Emma überlegte.

Mit einem prüfenden Blick auf ihren Mann entrückte ihr ein: „Vielleicht. Ich denke schon!"

Atlas sah sie entgeistert an. Sein Blick sprach Bände, als sie ihre Erkenntnis fortsetzte.

„Irgendwann sollte man an sich selbst denken. Endlich wieder leben. Ja! Jetzt wird es Zeit!"

„Da, unter seinem Bett", kreischte Valeia.

Beide Frauen umzingelten den Mann. Der flache Pumps seiner Frau verursachte ein durchdringendes, saftiges Knacken. Atlas van

Raien wagte nicht, nach unten zu blicken. Wie auch?

Ein kurzes weibliches Kreischen mit vielen *Iiiiis* bestätigte ihm: Das Ende war besiegelt.

„Zuviel Stress ist ungesund", wiederholte Atlas.

„Meine Liebe, ich werde mal Piet Hanssens Wohlbefinden in Augenschein nehmen. Ihren wertvollen Vorschlag möchte ich überdenken. Jedoch: wenn, dann sofort. Nicht hinauszögern. Ein Schnitt sollte glatt sein. Er heilt so besser, oder?" Mit diesen Worten verschwand Valeia Memoria durch die Krankenzimmertür unter dem christlichen Kreuz.

„Emma, bin ich froh, dass die weg ist!"

„Sie ist doch eine nette Frau."

„Du bist eine nette Frau", umgarnte er seine Emma und lächelte sie an.

„Aber Valeia Memoria ist kompetent. Sie scheint sich mit Psychoanalyse sehr gut auszukennen. Das musst du zugeben. Und trotzdem: Sie hatte geweint. Hast du das gesehen?"

„Ja, die Sätze kamen mir bekannt vor und gesehen habe ich, wie sie mit dem armen Piet umgegangen ist. Ein wirklich armer Mensch, dieser Piet. Voller Angst."

„Atlas, er ist Analphabet. Der Arme."

„Was hat das damit zu tun, Emma? Er ist arm dran, weil er sich mit ihr einlässt, mit dieser Möchtegern-Helferin. Ihm sollte ich mal ein Buch widmen. Und zwei Flie…, haha, Spinnen mit einer Klappe schlagen. Phobie bekämpfen und einen Bestseller landen. Das ist gut!"

„Er kann nicht lesen! Kommt was an? Valeia Memoria arbeitet erst ein paar Wochen mit ihm." Ihr Blick fiel auf den Nachttisch, von dem eben noch die Spinne auf Atlas` Bettkante ihm fast in den Schoß gefegt wurde.

„Was ist das?", fragte sie erstaunt.

„Das ist auch gut!" Atlas streckte seinen Daumen hoch und versuchte zu nicken. „Das ist eine Anlauttabelle. So lernen die Kinder in der Grundschule lesen. Die baue ich mit ein."

„Sieht aus wie ein Lesezeichen", belächelte Emma das laminierte Stück Papier.

„Ist es auch. Man hält es nicht unter die Worte, sondern legt es daneben. Auf der einen Seite der Spalte steht ein Buchstabe. Ihm gegenüber findet der Leser ein passendes Bild, dessen

Anfangsbuchstabe gleich lautet. Schau, da müsste ein A dem Bildnis eines Affen oder Apfels gegenübergestellt sein."

„Eine Ameise", entgegnete Emma.

„Na, meinetwegen. Dann zeigt das …"

„T … einen Tisch, das H einen Hund und das SP …" Sie erschrak.

Atlas lachte: „Eine Spinne."

„Mein Gott, der Arme!" Emma hielt die Hände vors Gesicht.

„Ach, Weiber. Konfrontationsmethode! Die beste Lösung für solche Phobien. In puncto Spinnen lernen das schon die Kinder im Kindergarten." Er grinste. „Lesen können die auch nicht, wie unser Piet. Aber sie begreifen das Leben, ich meine, in allen Ecken sind diese Viecher. Ich wollte …" Er krabbelte mit seinen Fingern über die Bettdecke. Mit spitzen Fingern zog er eine fiktive Spinne empor und ließ sie vor seinem Gesicht zappeln.

„ATLAS! Das wäre zu hart für ihn, hast du nicht gesehen, wie er sich …?"

„Ich habe gesehen, wie sich Valeia mit ihrem dicken Hinterteil vor die Spinne gestellt hat. Er konnte gar nicht. Sie hat dem Mann seine Chance genommen. Ständig diesen betörenden

'Alles-guut.-Hab-nur-Muut'-Singsang, mit dem sie ihn einlullen wollte. Ist klar, dass der hohl dreht. Wahrscheinlich hat der alles anders verstanden: *'Nix-is-guut.-Sei-auf-der-Huut'*. Wenn du mir mein Notebook bringst, könnte ich ihm eine Eins-A-Fantasy-Geschichte basteln. Ganz leicht. Die heilt ihn. Damit könnte ich vielleicht auch die Wette gewinnen. Drei Spinnen mit einer Klappe!"

„Hör auf! Wir haben dein Notebook absichtlich zu Hause gelassen. Abschalten, Atlas! Zu-dir-selber-finden war angesagt. Du drehst auch allmählich hohl. Und ich erst, wenn du nicht mit dieser dummen Wette aufhörst! Geschweige denn von fiktiven 500 Euro Wettgeld, die du niemals in die Finger kriegen wirst. Wag es ja nicht!"

„Wieso denn? Lass mich doch."

„Atlas, du bist unverbesserlich! Hoffnungslos! Egal, was ich für uns anstelle … Ich glaube, du hast es geschafft: ICH - brauche - Abstand von Dir! Das Leben könnte so einfach sein."

Jetzt wurde Atlas van Raien wach. Der Ausdruck seiner Frau gefiel ihm nicht. Ein Gemisch aus Zorn, bitterer Enttäuschung und Abneigung versteinerte ihr hübsches Gesicht. Er hingegen war nur verwirrt. Er lag im Krankenhausbett, den Fuß in der Schlinge gefangen, heimgesucht von wahnsinnigen Kopfschmerzen. Arbeiten durfte er auch nicht. Er sah sie durchdringend an. „Was hast du vor?"

„Ich glaube, ich werde Urlaub in Italien machen."

„Ohne mich? Das schaffst du nicht. Du kannst doch nicht …" Er sah ihre Entschlossenheit. „… mich … hier, alleine, in fremder Umgebung. Nur, weil ich gestürzt bin. Ich bin krank, Emma. Wieso bin ich eigentlich gestürzt? Bin ich umgeknickt? In den Bergen Italiens?"

„Nein, soweit sind wir gar nicht erst gekommen. Du brauchtest ja den Zwischenstopp."

Mit einem lauten „Rumms" wuchtet sie seine Sporttasche vom Stuhl der Zweiersitzgruppe.

„Der Stau, die Hitze. Deine Panik. Wir mussten das nächste Hotel anfahren."

„Welches? Wir hatten das damalige, das unserer Flitterwochen gebucht. Ich gehe in kein fremdes Hotel. Das weißt du!"

„Bist du auch nicht. Oben am Empfangsplateau hast du dich dummerweise umgeblickt. Du hast bis nach unten jede einzelne Stufe betrachtet und erkannt, wie steil die gesamte Steintreppe war. Und dann … patsch! Mist."

Emma van Raien bückte sich. Aus der Sporttasche, die sie für den Italienurlaub gepackt hatte, fiel Atlas` Jeans auf den Boden. Sie klopfte sie ab und räumte die Hose mit den anderen Sachen in den schmalen Kleiderschrank. Zu ihrem Entsetzen stellte sie fest, dass sie noch einmal zum Wagen musste, um seinen Kulturbeutel zu holen. Atlas hatte ihn nicht wieder in der Tasche verstaut. Jederzeit wollte er seine glatte Gesichtshaut von Haaransätzen befreien können. Zweimal hatte er sich heute schon rasiert.

„Wie, ´patsch`?", nahm Atlas das Gespräch wieder auf.

„Scheinbar ist dir schwindelig geworden. Du hast wirklich Höhenangst."

„Das kann nicht sein. Das war ein Unfall. So oft stehe ich auf unserem Dachboden am offenen Fenster und blicke hinaus in die Bäume. Wenn überhaupt, hätte ich eher die Climacophobie."

„Was?"

„Die Climacophobie ist die Angst vor Treppen respektive vorm Klettern. Und das ist unwahrscheinlich, sonst wäre ich nicht mit dir hinaufgestiegen. Sicherlich war es nur zu anstrengend für meinen Körper nach der langen Fahrt."

„Du bist nicht selbst gefahren, du Ausdauersportler. Das hat mir Valeia schon begründet. Das ist die A…, Amaxo oder so."

„Nein, die Hokuspokustante erklärt dir, dass ich eine Amaxo- oder Amathophobie habe?"

„Richtig. Du hast Angst davor, selber Fahrzeuge zu steuern. Immer muss ich. Sie hat Recht!"

Atlas` Schlagader pochte. Seine Haut verfärbte sich.

„Ist ja auch egal. Am vorletzten Absatz der Steinstufen bist du liegen geblieben. Reg dich nicht auf. Wir haben dich sofort hierher gebracht. Das ist eine Spezialklinik, super ausgestattet. Hätte ich nicht gedacht."

Atlas van Raien beruhigte sich nicht. Sein Blick glitt an den weißen Wänden, dem kaputten Fernseher, der Zweiersitzgruppe und der sterilen Bettdecke entlang. Sein Bein war immer noch in der Schlinge gefangen.

„Atlas, der Beinbruch ist versorgt. Das andere wollen sie in den nächsten Tagen noch genauer prüfen. Sie vermuten eine Gehirnerschütterung. Wollen dich aber bestimmt zwei bis drei Wochen hier behalten."

Er atmete schwer, klopfte gegen seinen Gips und drückte sich ein: „Schade um deinen Urlaub in Italien", heraus.

„Wieso das? Der ist bezahlt, und zwar nicht zu knapp. Wir haben drei Jahre darauf gespart. Hättest du einen richtigen Job, wäre auch Geld in der Kasse. Die unzähligen Skripte im Haus hättest du schon längst einem Verlag anbieten können."

„Nein, so weit kommt das noch!"

„JA! Soweit kommt das doch! Ich bekoche dich jeden Tag trotz Fulltime-Job, während mein Herr Autor genüsslich in allen Cafés der Stadt sitzt, Geld verprasst und recherchiert."

„Ich bin nicht gern allein. Emma, du bist ja immer weg."

„Immer?" Sie schüttelte den Kopf. „Richtig, mein Lieber. Und den Urlaub hab ich mir verdient! Zwei volle Wochen lang."

„Das kannst du nicht! Du kannst mich nicht …"
Eine Sekunde der betretenen Stille erfüllte den Raum. „Ohne mein Notebook?"

Sie kochte vor Wut. Noch bevor sie ihm etwas entgegnen konnte, flossen seine Krokodilstränen: „Geh nicht! Lass mich nicht allein! Em-ma!"
Emma drehte sich um.

Die Tür ging auf. Eine junge Schwester ohne Kutte tänzelte beschwingt herein, stellte sich hüstelnd mit Angelina Nymphalisio vor und entführte Atlas van Raien zu einer weiteren Untersuchung. Im Entschwinden vernahm er die Worte seiner Frau: „Du wirst hier sehr gut betreut. Sogar mit Vollpension. Schwester, Sie rufen mich doch an. Ja?!"

Neuland

Atlas van Raien wurde mit den Füßen voran aus dem Raum gezogen. Die Tür schloss sich hinter ihm und ließ die Stimme seiner Frau verstummen. In behutsamer Drehung wurde sein Bett gewendet. Es stieß trotzdem leicht an ein weiteres, das im Gang stand.

„Oh, Entschuldigung. Ich bin neu hier und übe noch. Heute muss ich zum ersten Mal allein ein Bett lenken." Verlegen polierte sie den Holm des Bettes.

Ein kleiner, dunkelhaariger Mann, der sich vorhin abrupt abgewendet hatte, kritzelte fleißig in sein Notizbüchlein. Im Gang überschnitten sich die Kommentare über Phobien, Medikamente und die Verstärkung durch Drogen.

„Total beruhigend. Sicher, gut betreut! Dass ich nicht lache", fauchte Atlas grob und bissig gegen die Neonröhren.

Eine andere Äußerung beschwichtigte: „Das macht nichts, mein Püppchen." Und der dritte Kommentar trällerte eine freundliche, verständnisvolle Version: „All die hilfsbedürftigen Menschen werden froh sein, eine so aufopfernde Persönlichkeit, wie Sie es jetzt schon sind, in ihrer Perfektion unterstützen zu dürfen. Machen Sie ruhig so weiter. Alles ist bestens."

Die Krankenschwester kicherte und hielt sich genant die Hand vor den Mund, als sie sich an den Längsseiten beider Betten vorbeizwängte. Atlas schielte hinüber. Ihm kam die junge Frau bekannt vor. Sein Blick stoppte abrupt, als er Piet Hanssen neben sich liegen sah. Die Wahrsagerin strich ihm über die blonden Haare, als würde sie Abschied nehmen. Seine Augen waren aufgerissen, schauten apathisch ins Leere. Aus dem Mund träufelte Sabber.

„Er atmet nicht, Schwester! Sehen Sie das?"

„Doch, doch Herr van Raien. Sehr ruuhig. Er schläft nur."

„Was haben Sie ihm gegeben? Piet, wach auf! Los!"

„Lassen Sie ihn! Er hat ein paar harmlose Beruhigungstropfen bekommen. Die helfen ihm." Sie schob Atlas schnell ein Stück weiter den Gang hinauf und parkte ihn abseits.

„Ich bin sofort zurück, muss nur kurz was holen."

„Bleiben Sie hier! Ich hab nichts gesehen und gesagt schon gar nicht. Sie können mir vertrauen. Ich brauche die Tropfen nicht!"

Im nächsten Augenblick war sie zurück und warf mit elegantem Schwung eine rote Kladde auf das Fußende seines Bettes.

„Au! Das Bein war nicht gebrochen. Sicher üben Sie das auch noch, was? Wenn Sie damit meinen Kopf ausschalten wollten, knapp verfehlt!"

„Nein, Herr van Raien. Ihren Kopf werden wir jetzt erst einmal untersuchen lassen. Bevor wir nicht genau wissen, was da drin los ist, berührt den noch nicht einmal unser Arzt."

Mit einem kräftigen Ruck schob sie das Bett auf die erste Tür zu. Das kurze ´Klack` an die Wand öffnete magisch Flügel aus Milchglas. Sie verließen den Gang und steuerten in den ersten Abzweig der Space Station.

Das Surren der automatisch schließenden Tür verstummte, mit ihm der wehleidige Singsang der Wahrsagerin. Alle störenden Laute erstarben. Atlas schwieg. Er dachte über die letzten Worte seiner Frau nach, empfand die Ruhe nach der wilden Hetzjagd im Zimmer erst recht angenehm. Dennoch zweifelte er.

Weicher Linoleumboden erschwerte der jungen Schwester das Lenken des Bettes. Die Rollen versanken fast in ihm. Merkwürdig, irgendwie matschig klang es. Unregelmäßig wurde die monotone Schein-Lautlosigkeit unterbrochen. Sie passierten unzählige Türen in endlosen Gängen. Bei den unbeholfenen Wendemanövern der Schwesternschülerin wurde das Gleiten ruckelnd korrigiert. Ein Windzug fegte unter sein hochgestelltes Bein. Ihm wurde kalt.

Mit der letzten Tür öffnete sich ein weiterer Raum. Sie stoppte das Bett. Grelle Strahler zwangen Atlas zu blinzeln. Er sah sich um. Gemurmel drang zu ihm herüber. Eine Horde fremder Menschen füllte die Vorhalle mit Geraune. Diejenigen, die ihn nicht ins Visier nahmen, blickten verlegen auf die silbernen Wandvertiefungen, hinter denen die Aufzugschächte lauerten.

„Ah", stöhnte Atlas, „A wie der Anfang vom Ende. Nein, A wie lauter Ameisen, nicht wahr, Emma? Wuselnde Ameisen."

Unaufhörlich trippelten tausende von Füßen um ihn herum. Alles gaffte.

„Emma?" Wo war Emma? Warum ließ sie ihn allein? Allein unter Fremden - hier!? Er schloss die Augen.

„Schwester, wo bringen Sie mich hin?", hauchte er.

„Ins MRT, Herr van Raien."

„Ins MRT?"

„M wie Magnet, R wie Resonanz und T wie Tomographie. Das kommt aus dem Altgriechischen. Graphie bedeutet schreiben und Tomo Schnitt", rasselte die Schwesternschülerin herunter.

„Das weiß ich auch! Sie schnippeln aber nicht an mir herum, sagen Sie das Ihrem Arzt."

„Herr van Raien, ein MRT macht nur Schnittbilder, Bilder von Knochen und Organen. Es zeigt, ob durch den Sturz Einblutungen in Ihrem Gehirn entstanden sind."

„So ein Quatsch!"

Weitere Personen stellten sich hinter sein Kopfende und mischten sich in ihr Gespräch ein:

„Schwester, habe ich das richtig gehört: MRT?" Ihr Nicken bestätigte die Frage.

„Emma?", schoss es Atlas durch den Kopf.

Doch die Stimme gehörte nicht zu ihr. Ein Sing-Sang erklärte allen Umstehenden die physikalischen Grundlagen und trällerte sogar Formeln herunter.

„Wer soll das denn verstehen? Die faselt nur Fachchinesisch." Atlas rollte die Augen.

„Das habe ich bei Piet auch alles checken lassen. Er wurde ohnmächtig als Folge einer weiteren Phobie. Man erkennt eben nur die physischen Schäden im Gehirn. Die psychischen Defekte bleiben dabei leider verborgen."

Valeia lachte hysterisch.

„Die Faseltante geht schon und lässt den armen Piet allein?", fragte er nach hinten und verdrehte leicht den Kopf.

Da stand sie. Hinter ihr lugte ein kleiner Mann hervor, der mit seinem Notizbüchlein winkte und mit der Zunge schnalzte. Galt das ihm? Schon war er verschwunden.

„Tschüss, Atlas. Mach's gut."

„Emma!!!", schrie Atlas.

Pling! Die Aufzugtür öffnete sich. Das Bett setze sich in Bewegung.

„Schwester! Schwester, wohin bringen Sie mich?"

„Immer noch zum MRT.“

„In welchen Stock, meine ich.“

„In den dritten?!“

„Nein, insgesamt, wie viele Etagen fahren wir?
Ich gehe sonst immer zu Fuß“, hechelte er,
„wegen der Gesundheit.“

„Herr van Raien, das wäre mir auch lieber. Aber
das geht ja nun nicht mehr! Beruhigen Sie sich.
Wir sind schnell da.“

Die Tür verriegelte. Beide waren allein. Das
Mädchen im weißen Kittel zwängte sich am Bett
vorbei.

„Diese Enge!“

Der Autor hatte relativ viel Platz. Sie stand dicht
gedrängt an der silbernen Schiebetür und
schmiegte ihren Po an den Griff des Bettes,
unnahbar für Atlas. Er drehte an seinem Ehering
und schob ihn vor und zurück. „Warum geht
Emma? Und dann noch mit der Wahrsagerin“,
kreisten seine Gedanken, „richtig! Emma hält sie
mir, uns … dem armen Piet und mir vom Leib.
Gute Emma! Warum war Paolo hier?“

Das Brabbeln der Menschenmenge war
verschwunden. Nur das geschmeidige Surren des
Aufzuges begleitete den Autor und seine

Schwester. Immer schneller wurde der Sog, in dem sie steckten. Unabänderliche Kontinuität zog ihn hinunter. Hastig inhalierte Atlas die stickige Luft, die mit ihnen den engen Raum belagerte. Im nächsten Moment stieß er sie ungleichmäßig aus. Wie von selbst unterbrach das zwanghafte Einatmen in launenhaften Intervallen das Auspusten der Atemluft.

Atlas` Rumpf sackte unter der Bettdecke zusammen, bis der Bauchnabel die Wirbelsäule berührte. Warm schwappte sein Blut hin und her und floss aus allen Richtungen in seine Magengrube. Ihm wurde klar, dass der endlose Fall unbeeinflussbar von einer Maschine gesteuert wurde.

Da! Der Aufzug stoppte mit seidenweichem Nachfedern.

Etwas kullerte an seiner Bettdecke hinunter.

Pling. Die Türen öffneten sich.

Ihm war schlecht.

Mit kräftigem Ruck wurde er über den Spalt, der zwischen dieser höllischen Gondel und dem festen Boden lag, hinweggezogen. Die Schwester tänzelte an ihm vorbei und ergriff das Kopfende des Bettes.

„Herr van Raien", erschrak sie, „Sie sehen ganz blass aus. Ist Ihnen nicht gut?"

Er schwieg.

Der Schriftzug auf ihrem Schild hatte ihn abgelenkt. „Angelina, Angelina Nymphalisio, Sie müssen etwas tun."

Die Augen fielen ihm zu.

„Was?"

„Café."

„Kaffee?"

„Im Café sah ich … Ihre Kauleiste. Tun Sie was!" Mehr brachte er nicht heraus.

„Hab ich schon, Herr van Raien. Sehen sie selbst." Sie stoppte das Bett im Gang und beugte sich über sein Gesicht. Mit breitem Grinsen zeigte sie ihm eine makellose Zahnreihe. Brillantweiß strahlte sie ihm entgegen und schmeichelte dem zierlichen Antlitz der jungen Frau.

„Nicht perfekt", hauchte er, „Sie werden noch mal müssen."

„Ja, die andere Zahnreihe. Ich weiß. Aber ich werde mir wieder helfen lassen."

„Wie?"

„Das war leichter, als ich dachte. Es gibt in der Medizin so viele Möglichkeiten. Für mich hatten die eine klitzekleine Spritze. Ich habe nichts gespürt und auch an nichts Böses mehr gedacht. So vieles ist heutzutage möglich." Sie streichelte kurz mit ihrer Hand Nase und Lippen und fuhr Atlas elegant durch die nächste Tür.

„Richtig. Die Scheißegal-Tropfen. Angelina, damit brauchen Sie mir nicht zu kommen. Nein, nein. Das ist eine Überrumpelung, eine Vergewaltigung der Persönlichkeit."

Atlas hatte seine Gesichtsfarbe wieder.

„Konfrontationsmethode ist die heilsamste, Kindchen. Das ist nötig! Alles andere ist nur etwas für Weicheier."

„Herr van Raien, Ihr Kopf muss gründlich untersucht werden."

„Hallo Angelina, schön, dich endlich kennenzulernen", erklang eine dunkle Männerstimme. Schritte schlurften in Kunststoff-Clogs heran. „Doc hat schon viel von dir erzählt. Einen guten Start hattest du bei uns." Er knuffte seinem älteren Kollegen in die Seite.

Dieser prostete Angelina mit einem Wasserglas zu, wobei etwas überschwappte.

„Auch das noch: zwei hormongesteuerte Weiß-Kittel!" Atlas traten Schweißperlen auf die Stirn.

„Wir übernehmen den schon. Danke."

Die Schwester übergab ihn samt Papieren.

„Falls nötig, holst du ihn nachher wieder ab. Ja!?" Angelina nickte nicht. Sie lächelte dem jungen Pfleger zu und umgarnte den Älteren mit einem trällernden: „Der Dreitagebart steht Ihnen gut, Doc. Er macht Sie jünger."

Zur Bettdecke sprach sie kühl: „Machen Sie es gut, Herr van Raien."

Das dunkle Loch

Grob wurde Atlas hin- und hergekarrt und neben einer Maschine abgestellt.

„Was machen Sie mit mir?"

„Zwei, drei, hepp!" Die beiden Männer wuchteten den widerspenstigen van Raien auf den Schlitten.

„Sollen wir ihn festschnallen, Doc?"

„Meinen Sie?"

„Der zappelt doch jetzt schon."

„Wir versuchen es erst einmal so. Einen Herzschrittmacher oder eine eingebaute Insulinpumpe hat er nicht, richtig? Auch das gebrochene Bein hat keine metallischen Implantate?"

Der Pfleger blätterte in den Unterlagen und schüttelte den Kopf.

Dann ermahnte der glatzköpfige Dreitagebart-Doc Atlas: „Guter Mann, Sie dürfen sich nicht bewegen. Bleiben Sie mit dem Kopf ruhig in der Halterung liegen, den Rest machen wir in dem schallisolierten Raum dahinten. Nach zehn Minuten kommen wir für das Kontrastmittel und dann haben Sie schon fast die Hälfte

geschafft. Also nicht bewegen. Verstanden? Sollte
etwas sein, nehmen Sie die Klingel hier."

Er reichte ihm einen Knopf. Der Pfleger hatte
zwischenzeitlich Atlas` Kopf in eine starre Spule
gebracht und sich verabschiedet. Schon waren
beide verschwunden.

Der Raum wurde schummrig. Atlas lag auf einer
kalten Pritsche. Sein Kopf war zwischen zwei
Holmen fixiert. Die Beine waren durch
Keilkissen erhöht worden.

Leises Surren ertönte.

Langsam glitt er mit dem oberen, beweglichen
Teil des Tisches dahin. Vor Schreck ließ er den
Klingelknopf fallen. Atlas tastete herum und
spürte nur die kahle Stelle an seinem Ringfinger.

„Meine Ehe!"

„Bitte nicht bewegen. Ruhig bleiben", ertönte es
durch die Lautsprecher in den Raum.

Kopfüber drang Atlas in die dunkle Höhle ein.
Sie roch steriler als der Beigeschmack der
sauberen Krankenhausgänge. Beißend stieg der
verdünnte Ansatz von Nagellackentferner in seine
Nasenflügel. Sie weiteten sich und fingen an zu
brennen.

„Desinfektionsmittel", pustete er aus und verwirbelte lauwarme mit kalter Luft.

Ein Plotter setzte ein. Immer lauter wurde das Geräusch des herannahenden Druckerschreibkopfes.

„Wo ist das Schreibgerät? Fährt es mir direkt übers Gesicht?", flüsterte Atlas.

Tack, tack, tack, klackel, tack, tack, tack, srrrrr, klackel.

„Was? Wo kommt es her? Warum ist das so furchtbar laut?"

Er konnte es nicht zuordnen. Plötzlich meinte er, einen fremden Lufthauch zu spüren, der das Blut um seine Wangenknochen erhitzte.

Ohrenbetäubender Lärm überlagerte die Gedanken. Der Kopf drohte zu zerplatzen. Abgehackt passte sich seine Atmung dem harten Rhythmus an. Seine Augen rutschten in den Höhlen hin und her. Die Wimpern klappten nervös auf und zu.

„Nicht bewegen!", schoss es ihm durch den Kopf, „gleich ist es vorbei!"

Die Wände schwankten. Mit jedem „tack" schienen sie näher zu kommen.

„Aufzug, enge Räume", hauchte er, „sie werden meinen Kopf zerquetschen."

Schnell und kurz wurden Atlas` Atemstöße. Hyperventilation nahte. Das überwältigende Engegefühl suchte nach Befreiung. Er schlug mit dem Kopf seitlich gegen die MRT-Spule. Seine Arme versuchten, die Röhre zu weiten. Unaufhörlich rutschten die schweißnassen Hände an dem glatten Gehäuse ab. Er schrie.

„Ruhig, Herr van Raien, ruuuhig. Alles ist guuut", tönte es aus dem Lautsprecher.

Türen wurden aufgestoßen. Füße rannten herein. Jemand nahm seinen Arm und tätschelte ihn mit dunkel behaarter Hand. Das Tätscheln passte nicht zu der Pranke. Es war nicht grob oder zittrig, eher seidenweich kribbelnd, unheimlich, schaurig, nur ein Hauch von Berührung.

„Doc, in der Akte stand, dass er wegen seiner Höhenangst gestürzt ist. Der hat jetzt sicher Platzangst. Soll ich ihn abschießen?"

„Noch nicht. Das könnte eine Neophobie sein. Aber die bezieht sich eher auf neue Lebensumstände, die einen veranlassen zu vergammeln. Das hier ist bestimmt nur die Angst vor Lärm, also unsere altbekannte

Acousticophobie in der Röhre. Musik wäre nicht schlecht. Wohl vorhin vergessen, was?" Der Doc erhob den Zeigefinger und zwinkerte beiden zu. Der Raum war wieder hell. Der junge Pfleger hatte Atlas schwungvoll aus der Röhre gezogen.

„Herr van Raien, ich dachte, Sie wären ein Mann und bräuchten keine Musik. Sorry."

Ohne eine Antwort abzuwarten, die in Atlas` Zustand sowieso nicht hätte über die vertrockneten Lippen kriechen können, setzte er ihm die Kopfhörer auf.

„Sie mögen Reggae?"

Das Gehirn des Autors antwortete tonlos:

„Rockmusik. Ich hätte von dir Rockmusik erwartet."

Ein spitzer Schmerz traf ihn in der Armbeuge. Um die Stichstelle herum wurde es warm. Die eindringende Flüssigkeit vermischte sich mit seinem Blut. Ihm wurde heiß. Schweißperlen bildeten Rinnsale auf seiner Stirn.

„Was haben Sie mir gespritzt", hauchte er.

„Das Kontrastmittel. Sie vertragen doch Kontrastmittel? Es macht Ihre grauen Zellen auf dem Bildschirm sichtbar. Sie verstehen?"

Atlas verstand nichts. Die Musik in seinen Kopfhörern setzte ein. Hinter Docs Dreitagebart konnte er ein „Weiter" ablesen. Atlas pustete die gesamte Luft aus seinen Lungenflügeln. Für einen Moment raffte er sich zusammen. Dann wurde er wieder in die Höhle geschoben.

Der Drucker setzte ein. Trotz des melancholischen Sing-Sangs, der durch seine Gehörgänge groovte, takteten die Geräusche des MRTs seine Herzschläge. Die Entspannungsmusik waberte durch sein Gemüt und verstärkte das Gefühl, hier wegzumüssen. Die Unregelmäßigkeit, die zuvor seine Atmung bestimmt hatte, schlug dumpf auf sein Herz. Wilder und wilder wurde das Pochen.

Er lag auf dem Rücken. In der schmalen Röhre fühlte er sich zu adipös für die Enge des Raumes. Das schwummrige Gefühl breitete sich wieder in seiner Magengrube aus. All das Blut floss erst in seinen Bauch, dann überschwemmte es sein Herz. Pulsierend hämmerte es gegen die Halsschlagader. Er meinte, den kontrasthaltigen Blutstrom verklumpen zu spüren. Ein dicker Kloß legte sich bleiern auf Brust und Hals. Enge erfasste ihn. Er war ein Wurm, der von einer behaarten Männerhand langsam und unaufhörlich zerdrückt wurde. Verkrampft hielt Atlas die Luft an.

Stille. Regungslose Stille.

Der Raum erhellte sich wieder.

Als der Schlitten aus dem MRT gezogen wurde, lag Atlas van Raien ganz still da.

„Herr van Raien, das haben Sie guuut gemacht. Manchmal braucht man nur ein bisschen Entspannungs-Sing-Sang. Schon läuft es leichter im Leben. So ruhig lagen bisher nur die narkotisierten Patienten."

Der Pfleger kam auf ihn zu und erschrak.

„Hey, Doc. Der ist ohnmächtig."

„Riechsalz!"

Der sterile Geruch der Röhre veränderte sich schlagartig. Atlas klappte die Augenlider hoch. Hysterisch wackelte er hin und her.

„Einen Cocktail! Los, Mann!", durchdrang Panik den Raum. „Herr van Raien, das haben wir gleich. Mit unseren Rescue-Tropfen machen Sie das schon. Alles wird guuut. Nur Muuut. Die Erinnerungen werden schnell verblassen."

Um Atlas herum tobte Hektik. Der Schluck wurde verabreicht. Die Wirkung setzte verzögert ein. Er fühlte sich schlapp, aber befreit. Wie durch einen Wattebausch hörte er den Pfleger sagen: „Der hat sich in die Hose gemacht."

„Das geschieht dir recht. Mach sauber. Dieser Fleck ist kein verschüttetes Wasser."

Die Weißkittel ergriffen ihn. Dann lag er in seinem Bett. Sie hatten ihm die Kleider ausgezogen und ihm ein Engelhemdchen übergestülpt. Nach einiger Zeit unter Beobachtung holte Angelina ihn wieder ab.

„Sie sehen ja prächtig aus, Herr van Raien. Eine schöne rote Gesichtsfarbe haben Sie. Der Doc sagte, dass nichts Ungewöhnliches in Ihrem Kopf los war. Wir brauchen den Chirurgen nicht. Alles ist guuut."

Sie lachte freundlich, Atlas zuckte hingegen nervös mit den Augenlidern.

„Sicher sind Sie ein wenig müde? Ich bringe Sie schnell zurück."

Auf dem Weg zum Aufzug hielt er die Augen geschlossen. Selbst beim sanften Abbremsen der Seilwinde spürte er das Abfedern des Fahrstuhles nicht. Er erwachte nicht einmal, als Angelina den Blumenkübel streifte, in dem er auf dem Hinweg amüsiert ein Spinnen-Eldorado vermutet hatte. Er schlief tief und fest.

Zurück in der normalen Welt

Etwas beduselt schlug Atlas die Augen auf. Er blickte aus dem Fenster. Verschwommen sah er den Kirchturm und das unendliche Blau.

„Bin ich im Himmel?"

„MRT", dachte er kurz darauf und zuckte.

„Hai, Meista! Da biss du ja. Wie waard?"

„Ein Klacks für mich. Was deine Faseltante nur mit dem unbekannten Land hatte: *Welch Unheil naht! Ein dunkles Loch. Alles wird schwarz! Zu hoch will er hinaus.* – Wieso hoch? So ein Blödsinn. Der Aufzug fuhr runter."

„Aber du biss doch auch ohnmächtig geworden, oder?", kicherte Piet Hanssen.

Atlas hörte, wie er von der Toilette ihres Krankenzimmers kam und sich auf das Bettgestell plumpsen ließ.

„Piet, mal etwas anderes: Wo sind meine Blumen?"

„Gegangen – mit deiner Frau. Sie hatte Angst um mich. Du bräuchtest sie nicht wirklich."

„Sicher brauche ich meine Frau. Und sie braucht mich."

Er fühlte die nackte Vertiefung an seinem Ringfinger, an der noch bis vor anderthalb Stunden ein glänzendes Schmuckstück die Ehe mit ihr besiegelt hatte.

Unter Stöhnen drehte er sich langsam zu seinem Bettnachbarn. Um die Wangenknochen herum sah Piet Hanssen rosig aus. Die blonden Haare, die blauen Augen passten. Ihm saß dieser lebensbejahende Schalk in den Grübchen. Nur die rote Knollnase fehlte.

„Die Schwester, ein süßes Ding, für die würde ich Morde begehen", versank Piet in Liebe und errötete noch mehr, „also die Schwester, die meinte, ich soll dir sagen, wenn du aufwachst, dass deine Frau gesagt hat, dass er ja eh zwei Wochen ans Bett gefesselt bleibt. Erst dann holt sie dich wieder ab. Bis dahin wärst du vielleicht normaler und hättest deine Wette vergessen. Welche Wette meint deine Frau? Davon hat mir keiner was gesagt, sonst würde ich vorschlagen, wir beide machen das Ding zusammen, und schon könnten wir ..."

„Piet, du sprichst ohne Punkt und Komma. Aber deinen analphabetischen Dialekt hast du nun scheinbar unter Kontrolle."

„Ich kann auch anners, Meista. Soll ich?"

„Neei, neei, latt man stecken."

Ansteckendes Gelächter überkam die beiden. Sie lachten künstlich hysterisch. Sie lachten medizinisch erleichtert. Sie lachten glücklich und trauernd zugleich. Erst als Piet sich verschluckte und einen Schluckauf bekam, ebbte das Gegacker ab.

Atlas wischte sich Tränen aus den Augen. Sein Blick kreiste im Zimmer. Es war kahl wie zu Anfang auch. Der Fernseher, die Wände, die Bilder strahlten das Fremde aus. Nur die Anlauttabelle auf Piets Nachttisch besänftigte ihn. Über einem Stuhl hing ein frisches T-Shirt, sein T-Shirt. Atlas zipfelte am Halsausschnitt seines Engelhemdchens herum.

„Hat Emma meinen Kulturbeutel hier gelassen? Ich glaube, ich muss mich rasieren."

„Stehen dir gut die Stoppels. Machen dich jünger. *Hick.* Deinen Beutel hab ich im Klo nicht gesehen." Piet schluckte gezwungen, als könnte er den Reflex seines Zwerchfells unterdrücken. Gurrend grollte es in seinem Hals. Er bezahlte mit durchdringendem Schmerz und schlug sich vor die Brust.

„Piet! Wie warst du mit deinem Bein im Bad?"
Atlas, verwirrt von der Tatsache, wollte ihn mit
der Frage, vom lästigen Schluckauf ablenken.

„Es geht alles, wenn man will. *Hick*. Bist du noch
nie in einer Zwangslage deiner Notdurft
nachgekommen, Meista-*ck*?"

Umständlich schob Piet Hanssen sein
gebrochenes Bein wieder in die Halterung an
seinem Bettgestell. Die Männer schmunzelten
über die Parallele, die ihr Anblick mit sich
brachte.

„Du machst das schon, Piet."

„Und du die Wette. Erzähl mal."

„Die Wette", erinnerte sich Atlas van Raien, „die
Wette ist ein Spiel unter Autoren. Wer mit seinem
Werk einen gut dotierten Vertrag erlangt, gewinnt
500 Euro Wettprämie."

Piet staunte: „Unn da machs du m*ick*?"

„Ich weiß noch nicht. Emma hat mein Notebook
nicht mitgenommen und bringen wird sie es mir
wohl kaum. Ich hatte anfangs gesagt: Sollte mir
nicht etwas Gutes in den Schoß fallen, mache ich
mich dafür nicht krumm. Aber 500 Euro sind
auch Geld. Das könnte ich gut gebrauchen."

„Ist dir denn noch nichts in den Schoß gefallen? Unsere nette Schwester Angelina vielleicht?", lachte Piet hicksend.

„Mein Spezialgebiet sind Phobien, Ängste und so. Mir ist ihre Halitophobie zwar wieder begegnet, aber ich weiß nicht, ob ich diese Phobie abhandeln soll." Atlas ahmte Hasenzähne nach, die er hüstelnd mit der Hand zurückdrängte. Dabei merkte er, dass er selbst fürchterlich unter Mundgeruch litt.

Piet belächelte seine Komik nur. Auf Angelina ließ er nichts kommen. Atlas verzog das Gesicht. „Oder ob ich lieber dir helfen soll? Du Spinnentöter."

„Mir natürlich." Piet schien erleichtert über den Themenwechsel zu sein, zugleich ein wenig beklommen fingerte er an seiner Bettdecke herum. Er schaute Atlas mit aufgerissenen blauen Augen an. Auch Atlas van Raien fiel es wieder ein. Wie eine Fügung des Schicksals war ihm das achtbeinige Krabbeltier geradewegs in den Schoß geschleudert worden und das von seiner guten Emma. Das war eindeutig Bestimmung und kein Hokuspokus.

„Was ist mit deiner Faseltante", fragte er seinen Bettnachbarn, der vergessen hatte, seinem Hicksen nachzugehen.

„Mit Valeia? Valeia will mit deiner Emma der italienischen Sonne entgegen. Ihr die Augen öffnen."

„*Valeia. Valeia Memoria*", verhöhnte Atlas ihren Namen und ahmte das theatralische Fingerspiel der Wahrsagerin in doppelter Geschwindigkeit und Anzahl nach.

Die aufkommende Gibbelei der beiden Männer erinnerte an gackernde Hühner. Piet fasste sich als Erster.

„*Valeia, meine Herren. Valens heißt gesund und leia gesetzestreu. Memoria brauche ich Ihnen nicht zu erklären.* Watt fürn Naame!" Wieder hielten sie sich den Bauch. Piet grunzte aber blieb standhaft gegen sein rebellierendes Zwerchfell.

„Kein Wunder, mein armer Piet. Wie hast du die nur ertragen?"

„Gaaanz laicht. Sie iss doch wech. Geschafft!"

„Sie ja, aber deine Legasthenie?"

„Ist das eine neue Phobie? Ist die schlimm?"

„Nein, das wäre die Logophobie, die Sprechangst oder Redehemmung."

„Untär dea laide ich nich."

„Das habe ich schon mitgekriegt. Sprich richtig!
Mann, machst du Arbeit. - Ich meine deine
Leseschwäche."

„Da bau ich maa fäst auf dich, Meista! Denn: *Es
liegt einzig und allein bei Ihnen. Machen Sie
etwas daraus.* Unn du, nur du, du
Bücha-Schraiba, kannst mir dabei helfen.
Einverstanden, großer Auutoor, Aatlas vaan
Raaien?"

„Okay, gesagt, gemacht. Ich mache dir das Lesen
schmackhaft. Ich bekämpfte deine Spinnenphobie
und mein Manuskript gewinnt die Wette. Schlag
ein!"

Das Einschlagen gelang nicht so recht, da Piet
sich nicht wieder aus dem Bett herauswuchtete.
Die Herren täuschten ihr Abklatschen nur an und
besiegelten so den Pakt. Auch ohne Notebook
konnte Atlas mit dem ersten Schritt der Arbeit
beginnen: dem Lesen.

Dabei würde er Piet genau kennenlernen, ihn
studieren und bei einem Kaffee, den die
liebreizende Schwester den Herren bringen
würde, über seine geheimsten Ängste mit ihm
plaudern. Er hatte vor, ein Buch zu schreiben, mit

dem ER persönlich den armen Piet heilen könnte.
Aber erst, wenn er wieder daheim war.

Jetzt nahm sich der Autor, Atlas van Raien, die Zeit, zwei volle Wochen ungestört zu recherchieren.

TRAUTES HEIM

… Schock muss sein

Es klingelte.

Melancholisch greinte er: „Ich komme! Ich wollte doch nur einen Blick ins Arbeitszimmer werfen. Sogar das wird mir verwehrt." Atlas van Raien litt.

Es klingelte durchdringender.

Schnaufen unterstrich seine Schwermütigkeit. Im Ganzen stopfte er den letzten Riegel Vollmilchschokolade in seine Hamsterbacken und machte reumütig auf dem Absatz kehrt. Er schlappte die Treppe hinunter, ging an dem Spiegel in der Diele vorbei und warf einen flüchtigen Blick hinein.

Seine Figur hatte sich verändert. Der drahtige Ausdauersportler mit dem akkurat gepflegten Gesicht und den kurz geschnittenen, krausen Locken war mutiert. In den drei Monaten der Einsamkeit hatte er sich gehen lassen. Er hatte sich ausschließlich von schnellen Nudelgerichten ernährt. Ob es die tiefgekühlten, die Nudeln aus der Dose oder die, die mit Käse überbacken tagelang im Topf auf ihn lauerten, waren, alle waren schnell zubereitet und machten satt. Der

Beweis giftete ihn mit feindseligen Schlitzen zwischen wulstigen Tränensäcken an. Er sah schmutzig aus.

Seither beherrschte ihn eine sonderbare Abneigung, die urplötzlich aus dem Nichts aufgetaucht war. Baden oder Waschen gab es für Atlas nicht mehr. Sein Bart wuchs von dem ersten Tag im Krankenhaus an wild um die nun aufgedunsenen Wangen herum und beherbergte vertrocknete Reste roter Soße in den einzelnen Borsten. Ungekämmt, mit fettigen Haaren öffnete er im verschmierten Jogginganzug die Haustür.

„Guten Tag, Herr van Raien. Ich habe ein Einschreiben für Sie. Wenn Sie hier bitte unterzeichnen würden."

Er nahm den Stift in seine von Weingummi, Sahnebonbons und Schokolade verklebten Finger und unterschrieb. Beim Tauschgeschäft „Stift gegen Einschreiben" blickte der Briefträger angewidert auf die abgekauten Fingernägel des Autors. Atlas drehte sich um und schlug die Tür zu.

„Was weiß der denn schon. Wieder ein Brief von ihrem Anwalt. Emma, warum tust du das?"

Sein Kopf sackte zwischen die Schulterblätter. Er ließ die Arme hängen und dabei die Post fallen. Teilnahmslos schlurfte er durchs Wohnzimmer, in dem der Fernseher lief, in die Küche hinein und steuerte den Kühlschrank an. Unter zähem Quietschen öffnete er ihn. Gähnende Leere blickte ihm entgegen. Der Pappkarton in der Tür roch typisch aber kein einziges Hühnerei, das er hätte in die Pfanne hauen können, gab es dort. Nur die Schalenreste und die verschmierten Überbleibsel eines zerschlagenen Ovals erinnerten ihn daran, schon einmal voller Wut an diesen Kühlschrank gegangen zu sein. Er hatte wie wild das letzte verprügelt, als ob hinter ihm eine gehasste Persönlichkeit gelauert hätte. Er hatte mit dem Ei das personifizierte Böse aller Hühner und sonstigen Hexen erschlagen. Jetzt stand er vor dem kalten Schrank, emotionslos, und starrte apathisch hinein.

„Im Keller ist sicherlich noch eine Pulle!"
Noch nicht einmal ein gekühltes Bier wollte ihn in dieser Situation trösten. Mit einem klitzekleinen Funken Hoffnung latschte er zurück.

Erschöpft und leer trat er gegen die Briefe, bückte sich schwerfällig und hob sie auf. Den Brief des Anwalts schob er unter den Stapel unangenehmer Post auf dem Sideboard, genauso wie die Stromrechnung und die zwei Mahnungen.
Was war das?
Ein Brief mit abgehakter Krakelschrift zwinkerte ihm zu. Seine Mimik zuckte. Ein kurzes Lächeln durchströmte die Diele. Atlas öffnete den Umschlag.

Moin, moin Meista!

„Moin, moin, mein alter Wattwurm. Dass du dich mal bei mir meldest. Ich bin überrascht." Er schnaufte durch die Nase, verlor dabei ein Tröpfchen Sekret, zog den Rest grunzend hoch und las unberührt weiter.

wie geihd ett dia? nich datt du meins, ich kann nich mähr schraiben. datt laisen geiht auch. wo bleibt dein buch, Meista.

„Mein Buch. Als ob ich mich dafür noch krumm gemacht hätte. Was meint der eigentlich, was hier los ist?"

sieh zu, datt datt buch zu mia kommt. ich waarte. main Deutsch muss besser werdn. vergiss nich die wette!
daanke
daien Piet (mit ie)

„Deutsch. Da hättest du Recht. Aber du bist ja schon wieder rückfällig geworden. Wofür habe ich mir eigentlich die ganze Mühe gemacht? Da soll ich dir jetzt noch ein Buch schreiben? Hast du dich nicht im Griff, Mann!" Ihm fielen all die Stunden, Tage und Wochen ein, in denen die beiden viel gelacht hatten. Zielstrebig hatte er sich Piets Leseproblem gewidmet und auch weitestgehend gelöst - bis die Frauen gut gebräunt aus Italien auftauchten, sie beide aus dem sterilen Krankenhaus holten und seine Emma ihn alleine ließ.
Atlas legte Piets Brief ganz oben auf den Stapel unangenehmer Post und steuerte auf die Kellertreppe zu. Langsam trat er hinab.

Gedankenverloren schlenderte er am Waschraum mit der überfüllten Waschmaschine vorbei.

Flüchtig wagte er einen Blick in den nächsten Kellerraum. Er war der düsterste des Hauses und roch mittlerweile etwas modrig.

Dann schlich er hinüber zum gefliesten Teilstück, in dem der Kühlschrank neben der geplünderten Gefriertruhe stand. Beim Öffnen der Tür klirrte nichts. Gähnende Leere machte sich auch im Keller breit.

Er beugte sich tief hinunter an das Gemüsefach. Hinter der weißen Plastikverkleidung konnte er den Inhalt nur vermuten. Atlas zog mit aller Kraft an der klemmenden Schublade. Ein Ruck. Sie öffnete sich und er fasste gierig hinein, als könnte der Inhalt fliehen.

Saftig quetschte sich breiige Masse durch seine Finger. Kleine Triebe pieksten ihn in die Haut. Erst jetzt bemerkte er den Fäulnisgeruch.

Widerlich berührt schob der Autor das von zermatschtem Kartoffelbrei befallene Gemüsefach wieder zu. Der Schrank stank erbärmlich. Dieser Raum nun auch.

„Uah, Keime. Haben wir noch Desinfektionsmittel, Emma? Egal. Selbst wenn noch ein Pulle drin gewesen wäre, getrunken hätte ich das Bier niemals."

Er schüttelte sich, stieß die Tür zu und prallte mit seinem Hinterteil dagegen. Angewidert legte er den Kopf schief und rümpfte die Nase.

„Jeder wird instinktiv versuchen, diesem widerlichen Gestank zu entweichen."

Er hatte eine kleine Spinne erblickt, die sich nun unter dem Schrank in Sicherheit brachte.

„Piet, wer ist augenblicklich ärmer dran? Du Phobiker mit deinem Deutsch oder ich ohne Emma?"

In der Waschküche benetzte er seine Hand mit Wasser, bis sie erträglich anzusehen war. Früher hätte er bei einem Hauch von Dreck den Waschakt erst beendet, wenn seine Haut Schrumpelblasen geworfen hätte. Aber jetzt.

„Wofür?"

Als käme es nicht auf Sekunden, Stunden oder Tage an, schlappte er, von tiefster Kraftlosigkeit übermannt, den Kellergang zurück. Schnaubend trat er Stufe für Stufe nach oben und pausierte in unregelmäßigen Abständen. Wie ein alter Mann hängte er sich an den Handlauf, um sich immer wieder ans Herz zu greifen, bis er die zwölf Absätze erklommen hatte.

Er schlich ins Wohnzimmer und pflanzte sich auf die Couch mit den umgestülpten Sofakissen. Müde griff er zwischen den Müllbergen aus Dosen, Flaschen und Schokoladenpapier in die zerknüllte Tüte und verdrückte die letzten Chipsreste. Gedankenversunken lutschte er an Daumen und Fingern und nahm die Vielzahl an Geschmacksrichtungen, die ihm spontan geboten wurde, einfach hin.

Unter der speckigen Wolldecke schlief er nuckelnd ein.

Das Erwachen des Autors

Es war Freitag, Freitag der Dreizehnte.
Wie in Trance steuerte Atlas das Sideboard in der
Diele an. Sein Blick in den Spiegel ließ ihn kurz
die Luft anhalten und den Bauch ein wenig
einziehen. Das Spiegelbild zeigte es ihm.
Piets Brief lag noch oben auf. Er nahm ihn in die
Hand und las die letzten Zeilen noch einmal:

sieh zu, datt datt buch zu mia kommt. ich waarte.
main Deutsch muss besser werdn. vergiss nich die
wette!
daanke
daien Piet (mit ie)

„Die Wette", wiederholte Atlas und zerknüllte das
Blattpapier wie einen Wutzettel. Er stutzte.
Auf der Rückseite des Blattes hatte Piet in
knallroter Schrift irgendetwas gekritzelt. Hastig
entfaltete Atlas den Brief und sah zwei weitere
handgeschriebene Zeilen.

Na, bist du geschockt von der vorderseite? ich
kann auch anners. schreib mir die ersten zeilen

von deinem buch oder vielleicht nur die
zusammenfassung, damit ich mich freuen kann.
Valeia ist endlich ganz weg. wir können loslegen.
danke
dein Piet

„Dieses Schlitzohr. Groß- und Kleinschreibung war schon im Krankenhaus nicht seine Stärke. Aber zumindest kann er auch anners, wenn er will."

Atlas merkte, wie eine schlummernde Liebe in ihm aufkeimte. Gewissenhaft strich er die Knickfalten glatt und bettete Piets Brief neben den Stapel der unangenehmen Post.

Mit den Worten: „Ja, Junge. Dann wollen wir beide mal … loslegen", fiel sein Blick auf das Datum des Einschreibebriefes.

„Noch ist es nicht zu spät. Heute wird ein guter Tag", rief er.

Für einen Moment zuckte er zusammen. Mit lässiger Handbewegung wehrte er flugs ab:

„Alles nur Aberglaube. Warum sollte man den Morgen nicht vor dem Abend loben? Valeia Memoria hat Piet verlassen." Er stockte. „Nein, er sie. Auch die schwarze Katze ist weg, somit auch

der Aberglaube. Also: Heute wird ein guter Tag.
Ich mache mir erst einmal …"
Lust überkam ihn.
In der Küche schaufelte er die letzten Löffel
Kaffeepulver in den Filter. „Das reicht nicht",
entfuhr es ihm. Er öffnete die Oberschränke, die
vor drei Monaten noch überfüllt waren mit
Nudelpackungen, Schokolade und Süßigkeiten.
Jetzt waren sie leer. Die zweite metallene
Kaffeedose auch. Atlas hatte nicht etwa das
braune, duftende Pulver in ihr vermutet, soviel
wusste er noch. Aber dass er das ganze
Haushaltsgeld bereits dem Pizzaboten gegeben
hatte, hatte er verdrängt. Alle Sofakissenbezüge
waren längst geldscheinarm.
„Emma! Wovon soll ich jetzt leben? Emma …"
Wehmütig streichelte er seinen nackten
Ringfinger, startete per Knopfdruck die Maschine
und schlurfte zum kleinen Vorratsraum hinüber.
Zu seinem Erstaunen war der hinterste
Unterschrank der ausrangierten Küchenzeile noch
nicht geplündert worden. Den Pizzaboten hatte er
damals rechtzeitig erwischt, als er sich
unbeobachtet in der Küche zu schaffen machen
wollte. Drei Vakuumpackungen stachen ihm jetzt

ins Auge. Obwohl alle merkwürdig verschlossen waren, freute er sich.

„Mein Lieblingskaffee! Emma, du bist doch ein gutes Stück. Zwar hast du mir kein Geld für meine Verpflegung und die heimlichen Besuche im Café dagelassen, aber …", unterbrach er sich und schnüffelte genießerisch, „aber ich kann noch einige Zeit mit diesem Aroma dunkelbrauner Sucht überleben. Zu Hause, in vertrauter Umgebung."

Immer heftiger nickte er. „Hier stürmen nicht plötzlich Horden wuselnder Schüler herein. Bei angenehmer Gesellschaft bleibe ich im Café unseres trauten Heims. Sorgenfreies Recherchieren wird möglich. Das hemmungslose Arbeiten kann beginnen. Emma, ich beweise es dir, der Rubel wird rollen. Rollen, wie … wie Hagelkörner vom Dach."

Allmählich stieg Atlas der Duft ins Gemüt und mit ihm sein unterdrückter Lebensgeist. Er atmete tief ein. Voller Vorfreude strich er sich mit der Hand von der Nase herunter über sein Kinn. Die Borsten waren weich, teils verklebt, aber längst nicht so weich wie eine rasierte Wange.

„So geht das nicht!"

Entsetzt schritt er aus der Küche und trampelte die Stufen hinauf ins Bad. Schnaubend drehte er den Wasserhahn auf und spülte die kleinen Schweißperlen aus seinem Gesicht in den Abfluss.

„Ganz oder nur …? Ganz! Der Dreitagebart kommt dann schon."

Er hatte nichts verlernt. Nicht ein Kratzer verunstaltete sein Gesicht. Er wurde wieder er selbst.

Nach dem ersten frischen Schluck des braunen Zaubertranks verspürte er den Drang, sich mit einer Kanne bewaffnet in die Arbeit zu stürzen.

Der grobe Plot

Zielstrebig stapfte Atlas van Raien in den dunkelsten Kellerraum seines Hauses. Noch bevor er das Licht anknipsen konnte, stieß er gegen den Eimer in der Ecke. Das Zeitungspapier, das er vor Monaten aus dem Café mitgenommen hatte, raschelte in ihm, als er ihn zurechtrückte. Er fühlte die Spinnennetze, die sich an seinen Händen und in seinen Haaren verfingen. Sofort strich er sie ab. Dabei erwischte er die achtbeinige Weberin an einem Hinterlauf. Zwischen seinen Fingern hielt er sie vor sich. Sie zappelte.

„Eigentlich wollte ich nur ein altes Skript greifen, ein wenig daran herumdoktern und es dann an alle Verlage schicken. Piet hätte es erst nach Wochen gemerkt. Doch vielleicht hast du Recht. Ganz ohne Wahrsagerei. Das ist kein Zufall." Er schnalzte mit der Zunge und zwinkerte der sich windenden Spinne zu.

„Dich brauche ich später."

Atlas setzte das Tier auf eins der Regale und fing an, systematisch die Aktenordner wie Register zu ziehen. Ab und an riskierte er einen Blick zum

Eimer in der Ecke neben der Tür. Der zerknüllte Artikel von Valeia Memoria verstaubte. Er hingegen recherchierte. Nein. Er studierte. Er studierte jetzt sein Fachgebiet.

Erst als der Durst ihn überkam und er glücklich über sein aufgefrischtes Wissen war, zog er mit einer neuen, frischen Kanne Kaffee in sein Arbeitszimmer ein. Er stellte sie neben den PC, trat ans Dachfenster und öffnete die Notausstiegsluke.

„Von wegen Höhenangst. Nichts von Akrophobie, Bathophobie oder gar Aviophobie. Ich doch nicht. Ich stehe am offenen Fenster, sogar am Dachfenster und mir wird nicht schwindelig. Aber euch. Euch werde ich es zeigen. Allen:

a) den dummen Analphabeten, die so ungebildet sind, dass sie von jeder Phobie heimgesucht werden;

b) den faselnden Waschweibern, die über Hokuspokus heilen wollen und sich anmaßen, über mein Fachgebiet besser Bescheid zu wissen, als ich es tue, und

c) den überheblichen Docs, die mit unwürdigen Handlungen und vergewaltigender Medizin in das geheiligte Leben menschlicher Genies eingreifen, obwohl im Kopf alles okay ist,

aber natürlich auch allen anderen, die nicht an die Größe und an das Können von mir, dem Autor ATLAS VAN RAIEN glauben und mich nicht akzeptieren, so wie ich bin."

Er atmete tief ein, reckte und streckte sich vor dem Fenster und setzte sich gelassen in seinen Schaukelstuhl.

„Wen haben wir denn jetzt?", grübelte der Autor. Er wollte seinen Protagonisten finden, die große Zahl der Antagonisten und die Statisten. Wie üblich brauchte er dafür Ruhe.

In dem alten Schaukelstuhl auf dem Dachboden wippte er hin und her, als säße er in einem Café der Stadt in der Ecke neben dem Notausgang. Seine Gedanken hatten freien Lauf. Sie tanzten, purzelten, puzzelten, malten Bilder und überschlugen sich allesamt - ohne von wilden Schülerhorden, grinsenden Kellnerinnen oder anderen lästigen Gästen gestört zu werden. Zusammenfassend schnürte er sie in die groben Details:

„Mein Held - der ist klar! Piet, der arme Piet. Mein Wattwurm. Gut! Das ist es."

Hastig trank er einen großen Schluck aus der Tasse und fühlte sich bestätigt.

„Piet, das wirst du verstehen. Ich gebe dir besondere Kräfte, denn gewöhnlich bist du ja nicht. Also, deine Sprache hüpft immer hin und her. Wie wäre es mit Zaubersprüchen? Zaubersprüche, mit denen du es schaffst, dich vom mickrigen Wurm zur bissigen Schlange zu verwandeln oder zurück. Das könnte klappen."
Er goss sich nach und schlürfte vorsichtig die braune Flüssigkeit.

„Deine Gegenspieler. Erstens die dumme Valeia mit ihrer schwarzen Katze. Miau. Nein, eher *Ruuuhig, nur Muuut* soll ihre biestige Begleitung unaufhörlich lallen.

Dann die behaarten Achtbeiner. Weiß wie Kreuzspinnen sollen sie aussehen, aber nicht so kahl und glatzköpfig. Mir schweben da schon einige dunkle Gestalten vor, die das große Loch, den Wald oder so bewachen werden.

Jetzt zu deiner Aufgabe: die Rettung. Du musst nicht nur dich retten, das schaffst du nebenher. Nein, du musst natürlich deine Prinzessin befreien. Fast schwarze Haare mache ich ihr, ein liebliches Aussehen mit glänzenden Zahnreihen.

Sie wird tänzeln wie eine Elfe oder eine Fee und dich mit dem größten Genuss überwältigen."

In einem nicht enden wollenden Zug leerte er den heißen Kaffee aus der Tasse. Den Rest der Kanne goss er nach und fühlte sich wie ein Mann.

„Das war's."

Er schmunzelte über seinen tiefgründigen Schluss und blickte in die leere Thermoskanne. Auch hier war das glänzende Ende zu erkennen. Atlas beschloss, sofort eine neue anzusetzen. Er musste in Schwung kommen und brauchte die Hilfe dieses Wundermittels. Der Trank musste stärker sein als dieser, denn ihm blieb nicht mehr viel Zeit, bis die Wette eingelöst werden sollte. Während er in der Küche dem Prötteln der Maschine lauschte, fiel sein Blick auf das fürchterliche Chaos. So konnte es nicht weitergehen. Mit zwei, drei flinken Handbewegungen räumte er zusammen, füllte Müll in Tüten und schaffte es, den Boden begehbar zu machen. Der große Nudeltopf widerte ihn am meisten an. Akribisch achtete er darauf, den Schimmel abzuwischen, die Käsereste herauszukratzen und ihn mit dem stärksten Desinfektionsmittel zu reinigen, das er besaß.

Zufrieden betrachtete er den funkelnden Topf auf dem Ablaufbrett der Spüle.

„Wer sagt´s denn. Wie neu!"

Das Elixier seiner Begierde goss er in die Thermoskanne und stieg wieder auf den Dachboden. Hier warteten sein Schaukelstuhl und der hölzerne Schreibtisch mit der Kaffeetasse und dem Notebook. Er stellte das frische Gebräu neben die Pfütze des alten und fingerte nach seinem heiß geliebten Arbeitstier.

Das Medium, die Schnittstelle zwischen Wirklichkeit und Fiktion war wieder griffbereit. Gierig öffnete er die Bildschirmklappe und erschrak. Eine Spinne, die sich über die Zeit am Rande seiner Tastatur eingenistet hatte, wuselte ihm entgegen.

„Widerlich. DU hinderst mich nicht an der Arbeit."

Er pustete sie vom Schreibtisch, was nicht so leicht gelang, und reinigte die einzelnen Buchstabentasten.

„Das muss reichen. Zu mehr Reinlichkeit reicht meine Zeit nicht. Ich habe noch viel vor."

Auf Knopfdruck fuhr der PC ohne Ladehemmung hoch und schluckte bereitwillig das alte Passwort.

Atlas van Raien war glücklich.

Seine hinterlegte Vorlage öffnete sich mit dem gewohnten Gedudel. Das Schreibprogramm war bereit. Hemmungslos hackte er den Handlungsstrang mit Protagonisten, Antagonisten, Aufgaben, Zielen, Schwierigkeiten und offenen Fragen hinein. Abschließend schrieb er seinem Freund Piet Hanssen die grobe Zusammenfassung seines Plots.

Piet,
ich habe dir den Wurm zugeschrieben. Du bist ärmlich, weil du dich nicht eher von deiner Valeia trennen konntest. Ich meinerseits habe das schon sofort nach unserem Krankenhausaufenthalt geschafft.

Er resignierte für einen Moment und dachte an seine Emma. Zitternd schwebten seine Finger über der Tastatur. Wem die folgenden Zeilen genau galten, war ihm nicht ganz klar.

So lange musste ich auf deine Nachricht warten. Nun kann ich endlich loslegen. Wenn wir jetzt die

Wette nicht schaffen, ist das einzig und allein dein
Verschulden. Aber ich gebe dir noch eine Chance.

Er schob die Tasten vor und ergriff die Tasse
kalten Kaffee, alten Kaffee. Mit
zusammengekniffenen Augen schluckte er. Ihm
kam die Idee, seinen Zaubertrank einfließen zu
lassen. Die Details wollte er sich später
überlegen. Also schrieb er weiter.

Als Wurm gebe ich dir besondere Kräfte.
Verwandlung vielleicht. Du rettest das Leben der
schönen Fee Angelina. Ich werde sie namentlich
abändern, sonst ist der Bezug zu klar. Also streng
dich an. Du bist der Held und musst die dicken,
dummen Hühner und schwarzen Katzen und
letztendlich die behaarten Spinnen besiegen. Ich
baue auf dich. Enttäusche mich nicht.

Wieder erschien das Bild seiner Frau vor seinem
geistigen Auge. Er sah den Zeitpunkt gekommen,
an dem er sich als Mann wieder behaupten
musste. Zu lange schon hatte er ihr zugestanden,
die Freiheit und den italienischen Gigolo zu
genießen und sich nicht um ihn persönlich

kümmern zu müssen. Damit sollte nun Schluss
sein. Er wollte das Ende dieser unmöglichen
Beziehung eindeutig vorschreiben.

*Jetzt erwarte ich keine störenden Nachrichten
mehr von dir. Ich werde mich zurückziehen, die
letzten Details recherchieren und das Ganze für
dich umsetzen. Dann bist du geheilt und endlich
frei!*
Autor Atlas van Raien

Die allerletzte Recherche

Die Zeit drängte.

Atlas van Raien war bewusst, dass er ein Genie auf dem Gebiet der Phobien war. Doch die auserwählten Tiere, die in seinem Buch fantastisch umgesetzt werden sollten, bedurften noch einiger Anstrengungen seinerseits.

Obwohl er ganze vier Abhandlungen über die Katzenphobien verfasst hatte, fehlten ihm die entscheidenden Versuchsergebnisse zu extremen Handlungsabläufen der Viecher. Er legte sich auf die Lauer.

Zu seinem Erstaunen brauchte er nicht lange zu warten. Das schlanke, elegante Tier der Nachbarin tauchte in seinem Vorgarten auf und wollte wie eh und je seinen Haufen unter den Blumen vergraben. Atlas ließ es angewidert zu und gewann so das Vertrauen. Mit einem Filzball aus Trocknerwolle bespielte er den angriffslustigen Kameraden. Immer wieder zurrte er an der Schnur und zog die aus Lust kämpfende Kreatur mit sich.

Mitten auf der Straße gab er ihr die Wollmaus als Beute frei. Den Bindfaden, der sie hielt, knotete er mit Hilfe eines Stöckchens an dem runden Gullydeckel fest. Langsam entfernte er sich vom Tatort, bis er den Bürgersteig erreichte, und torkelte erst auf die Straße, als sich ein Auto näherte.

Es kam, wie es kommen musste. Saftig überrollte der Wagen der Nachbarin die eigene schwarze Katze. Panisch stieg sie aus, hob das blutverschmierte Etwas auf und schrie hysterisch. „Ruuhig. Alles wird guut. Sie brauchen jetzt Muuut." Erklärend fügte Atlas van Raien hinzu: „Ich wusste nicht, dass Aberglaube auch bei Katzen wirkt. Sie ist von rechts nach links gelaufen." Hektisch schlug er mit der Hand von rechts nach links durch die Luft, als wolle er jemanden ohrfeigen. Laut lachte er: „Nun hat sie es geschafft und sicher ihr letztes Leben verwirkt. Aber ich kann Sie beruuuhigen: Morles frischen Haufen können Sie aus meinem Vorgarten ausbuddeln und ihn in Ihre Blumen stecken. Das ist guter Dünger. Sehen Sie selbst!"

Stolz zeigte er zu seinem Haus mit den violetten Blumen, die ihm so viel bedeuteten, und ließ die trauernde Nachbarin stehen.

„Die erste Heldentat ist vollbracht. Mein Piet hat sich gerächt." Und die einzigartigen Geräusche der knackenden, sich ausbreitenden Gedärme und zerberstenden Knochen sammelte der Autor in seinem „Memoria"-Speicher gleich neben denen der zermatschten Spinne, die unter seinem Krankenhausbett ihr Leben gelassen hatte.

Jetzt wurde er hektisch. Er musste seinen Zeitplan im Auge behalten. Als Nächstes wollte er sich mit seinem größten Übel befassen. Dem dummen Huhn.

Er schnappte sich sein Fahrrad aus dem Schuppen. Zu seinem Erstaunen hatte es nicht einen Hauch Luft verloren in der Zeit, in der er es ignoriert hatte. Nun befreite er sein Rennrad von den lästigen Spinnweben, die versuchten, alles an ihm zusammenzukleben, und schwang sich auf den Sattel. Mit geschultertem Rucksack preschte er die Bürgersteige entlang, scheuchte einige Passanten beiseite und erreichte den Bauernhof nah hinter dem ersten Feld.

„Alektorophobie", schnaufte er.

„Konfrontationsmethode", hauchte er.

Atlas van Raien riss sich zusammen und versuchte, wütend zu fluchen: „Gackernd picken sie im Dreck herum. Finden jedes einzelne Körnchen, aus dem noch Leben hätte sprießen können, und machen es zunichte. Euch zeig ich´s. Zumindest einer von euch. Ihr fetten, faselnden H…"

Am Körper bebend brach er ab. Leise legte er seinen Rucksack beiseite. Mit zittrigen Fingern öffnete er die obere Klappe des Sackes und spähte in das dunkle Loch aus schwarzem Nylon. Der recherchierende Autor schritt zur Tat. Ziemlich nah hatte er sich bereits an ein rötlich braunes Huhn mit weißen Federn am Hals herangeschlichen. Atlas bückte sich und verfiel in Lauerstellung, wie er sie bei der Katze beobachtet hatte. Mit einem schnellen Angriff erwischte er die Henne aus dem Hinterhalt. Wild flatternd versuchte sie zu entkommen. Er packte feste zu. Unsanft stieß er sie kopfüber in die Röhre aus Stoff und verschnürte den Sack.

Um das Huhn zu betäuben, schrie er aus vollem Hals von außen gegen den schwarzen Stoff.

Leider wurde es nicht ohnmächtig. Aber für einen Moment stoppte die wilde Zappelei.

„Geschafft. Jetzt geht es dir an den Kragen, meine Liebe. *Ganz ruuuhig. Nur Muuut, alles wird guuut.* Ich sehe schwarz für dich, nicht für mich. Du wirst unbekanntes Land betreten."

Er schulterte den sich windenden Beutel und zog die Tragegurte stramm. Leichtfüßig schwang er sich auf sein Rennrad und trat in die Pedale. Er merkte, wie er schweißtreibend seinen Sport wieder aufnahm. Glücklich fühlte er die Kondition, die zurückzukehren schien, und dachte an die Ernährung, die er sicherlich jetzt wieder zum Gesunden kehren würde.

Das Huhn auf seinem Rücken gackerte und hackte. Vereinzelt trafen Stiche wie abgebrochene Nadelspitzen sein T-Shirt. Dann wieder wirbelte der gesamte Rucksack hin und her.

„Recherche. Das sind alles Eindrücke, wichtige Eindrücke. Ich sollte das auf meinen Helden übertragen. So fühlt sich ein traktierter Wurm, der von einer Henne begluckt, nicht beglückt wird."

Zu Hause angekommen hüpfte er etwas bleiern die Kellertreppe hinunter, verkroch sich in dem gefliesten Teil des Kellers und verriegelte die Tür.

„Zeig dich, meine Liebe. Ich will ein Hühnchen mit dir rupfen."

Das braun gefiederte Geschöpf entfloh dem Rucksack. Es hatte um den Hals herum eine weiße Federkrause. Sie glich einer schmucken Kette, die auch dieses Huhn trug. Der Autor packte zu, um dem faselnden Gegacker ein Ende zu bereiten.

Knick, knack. Der Hals war umgedreht.

Bei der ersten Feder brauchte Atlas Zeit. Er erklärte es damit, dass er den Moment genau festhalten wollte, um jedes Geräusch, jede Gefühlsregung in sich aufzunehmen. Die weiteren flogen nur so herum und kitzelten ihn hier und da im Gesicht. Von Hühnerphobie war keine Spur mehr zu erkennen.

In der Küche nahm er das Huhn mit spitzen Fingern aus und warf es in den Kochtopf.

„Na, Neuland, Süße. Da ist dir ganz schwarz geworden, als du aus dem dunklen Loch meines Rucksacks heraus durftest. Eins wird dich freuen: Dein Sud wird mir Kraft geben, auf meinem Weg weiterzugehen. Ohne es zu wissen, hast du mir schon sehr geholfen. Danke!"

Er klatschte in die Hände und ging in den Garten.

Die Luft war mild.

„Sonne! Tauwetter für Dicke", rief er aus, wischte sich den Schweiß ab und ließ sich auf das Bett mit der grünen Decke plumpsen. Der Duft von Wiesensalbei beruhigte ihn. Seine Depressionen, soweit ihn jemals welche aufgesucht hatten, waren wie weggeblasen. Atlas streckte ein Bein zum Himmel, um die hellen Strahlen abzuschatten, und hörte dem lieblichen Gesang der Vögel zu. Schwirrend umkreisten ihn Insekten. Eine Ameise erklomm seine Hand, wurde aber sofort zwischen den Fingern zerquetscht.

Der Autor Atlas van Raien genoss die Ruhe. Er hatte Mut, sein Werk einem Verlag anzupreisen, sobald es fertig war. Ganz sicher würde es ein Erfolg werden. Seine Frau würde weinen, natürlich vor Freude.

Um seine Nasenspitze herum flatterte ein Schmetterling, hockte sich kurz auf sein Bein, flog aber sofort wieder empor. Ihn umgarnend schmiegte sich der schöne Tagfalter in Atlas geöffnete Handfläche. Van Raien schnappte zu.

„Es tut mir leid, du gute Fee. So ist Recherche. Du bist ein schönes Ding. Mit deinen zusammengeklappten Flügeln wie zusammengepresste Lippen bist du so unscheinbar, aber dann dieser Blick wie ein strahlendes Lächeln. Ein Edelfalter, habe ich ein Glück. Das ist Fügung. Du bist tatsächlich ein Tagpfauenauge, *Inachis io* oder *Nymphalis io* genannt. Nym-pha-lisio. Wer sagt es denn!" Nachdem Atlas einen Blick zwischen seine Finger riskiert hatte, marschierte er mit seinem Fang die Stiege zum Dachboden empor. Unten blubberte das Hühnchen vor sich hin und schickte seinen Duft hinauf. Er spürte, wie hungrig er war. „Wo hab ich mein Mikroskop für die Recherche im Detail? Ist das denn schon so lange her?" Mit einer Hand öffnete er unter den schrägen Wänden einen Einbauschrank nach dem anderen.

„Wie immer beim Letzten. Kurz vorm Ende findet man alles. Auch wenn es nicht das Erhoffte ist. Ich nehme eben die Lupe."

Fragend blickte er sich um. „Wie soll ich dich untersuchen? Halt still, du flatterhaftes Ding!" Seine Augen schwirrten durch den Raum. Sie erblickten Spinnenweben an Regalen, an Ecken, sogar am Fensterrahmen. Angewidert glitt sein

Blick zurück, über den Handrücken hinweg und landete auf den Fingern.

„Angelina, hätte ich einen Ehering, könnte ich ihn dir überstülpen und damit deine Flügel stutzen. Habe ich nicht mehr. Vielleicht nehme ich einen Kabelbinder. Sogar unsere gesetzeshütenden Polizisten benutzen die Dinger, um ihre Opfer bewegungsunfähig zu machen. Wahrscheinlich werden sie auch im Krankenhaus eingesetzt, sollte jemand zu sehr zappeln." Er überlegte kurz. „Das habe ich nicht nötig."

Beim Begutachten seines Schreibtisches fiel ihm eine Sicherheitsnadel im Stiftebutler auf. Atlas van Raien kombiniert.

„Das ist nötig. Gut, so werde ich es tun. Mir wird die Zeit reichen, deine Flügelschläge genauesten zu beobachten, bis du den letzten tust. Schade. Eigentlich sollten dich die Spinnen im Netz einwickeln. Zu gerne hätte ich beobachtet, wie sie versuchen würden, dich auszulutschen. Vielleicht mache ich das mit deinem leblosen Körper. Aber ob du dann von Interesse bist? Wir werden sehen." Es kostete ihn sichtlich Mühe, seine dritte große Tat zu begehen.

Nach der Vollendung war er benommen. Mit zitternden Fingern trank er den alten, leicht bitteren Kaffee. Sein Herz klopfte.

„Piet, du musst das Leben der schönen Angelina retten. Aber wahrscheinlich vermasselst du das und verdrückst dich wie meine Emma. Krieg dich in den Griff, du armer Wurm! Schaffst du das?"

Schwermütig schleppte er sich in die Küche.

Beim Aufsetzen verzählte er sich mit den Löffeln des Kaffeepulvers und kochte ein überstarkes Gebräu. Er war mit seinen Geistesschöpfungen bereits zu weit in seiner Geschichte verstrickt, als dass er das merken konnte. Die reale Welt huschte an ihm vorbei.

In benebelter Gedankenlosigkeit portionierte er seinen Teller Hühnersuppe, bis die fettige Wasserbrühe überschwappte, und aß sie im Stehen. Aber viel Zeit gab er sich nicht. Es hungerte ihn, mit seinem großen Werk zu beginnen.

Von der Umsetzung zur Übertragung

„Jetzt geht es ans Eingemachte. Jetzt zeigt sich, wer ein Meister ist. Die Spreu trennt sich vom Weizen. Und … heute ist nicht mehr Freitag, der Dreizehnte."

Atlas ging in der Diele an dem Stapel unangenehmer Post vorbei. Dieser wuchs stetig. Es tangierte ihn nicht im Geringsten.

Der Blick in den Spiegel zeigte es ihm: Sein Dreitagebart machte ihn jünger. Wohlwollend posierte er und strich sich durchs volle Haar. Das Muskelspiel seiner Unterarme und Finger gefiel ihm besonders gut. An dem birnenförmigen Bauch wollte er wieder arbeiten.

Mit der Thermoskanne bewaffnet sprang er die Stufen zum Arbeitszimmer empor. Gleich zwei auf einmal nahm er, um den Weg zum Ziel zu verkürzen.

„Piet, mach dich bereit. Der Kampf beginnt."

Schnell war das Notebook hochgefahren, die Finger durch lässige Knick-Knack-Übungen aufgewärmt und der Kaffee in die Tasse gegossen.

„Meista, um dir eine bessere Identifikation mit dem Protagonisten zu geben, sollte ich den Text aus der Ich-Perspektive verfassen. Aber wenn ich mit: *Ich Wurm* anfange, schmeißt du mir das Ding in die Ecke. So clever bist du nicht, um differenzieren zu können." Er schluckte.

„Wer ist das schon? - Vielleicht sollte ich in der dritten Person schreiben. Aber das ist zu banal. So sind die meisten Geschichten geschrieben. Sie sind zwar einfach zu lesen, aber da bleibt nichts hängen. Ich werde die auktoriale Erzählperspektive wählen. Eine gesunde Mischung zumindest. Ich glaube, das brauchst du. Ein Erzähler, der dich führt. Der über den Dingen steht und zur Not eingreifen könnte. Du schaffst das nicht allein. Ich kenne dich. Ich werde dir helfen, mein armer Piet."

Atlas drosch auf die Tasten.

WELTEN

Piedro del Avas` letzter Kampf

Es musste so kommen. Kein Weg führte drum herum. Aber das wusste Piedro del Avas zu diesem Zeitpunkt noch nicht.
Ein idyllisches Land lag vor ihm. Grün wuchs das Gras. Blumen durchbrachen die unendliche Weite und bezauberten mit ihrem lieblichen Duft jedes Gemüt.

Atlas van Raien atmete tief ein. Sein Strauß Wiesensalbei neben dem Notebook roch gut.

Es war das Land von Piedro, Piedro del Avas. Ein Land, das er sich erkämpft und zu seinem schützenden Gebiet gemacht hatte. Fein säuberlich hegte und pflegte er es mit alldem, was seine Kräfte hergaben.
Piedro, das gertenschlanke Geschöpf des Himmels beherrschte durch seine Intelligenz, durch seinen Mut, seine Stärke, aber vor allem durch sein Aussehen die kriechenden und wuselnden Kreaturen des Landes Hospizia. Jedes Lebewesen, und war es noch so klein, wollte in seiner Nähe sein, einen Teil seiner

verführerischen Aura spüren. Jedes Lebewesen
wollte ihn, wenn auch nur für kurze Zeit, heiß und
innig lieben.
Er war wählerisch. Er hatte die Macht. Er hatte
dieses Aussehen. Seine Haut war aalglatt und
glich in seinem zarten Rosa einem weichen
Kinderpo.

Der Autor strich sich mit der Hand über seine
Wangen. Entsetzen durchfuhr ihn. „Stoppelig!"
Wütend krallte er die Nägel in die Borsten und
beschloss: „Sofort nach der Einleitung werde ich
diesem künstlichen Aussehen ein Ende bereiten
und wieder seidenweich und smart durchs Leben
ziehen, wie ein echter Könner."
Er löschte die letzten Worte vom Bildschirm und
korrigierte:

... glich in seinem zarten Rosa der Haut eines
echten Könners. Muskeln durchzogen seinen
Körper und überspielten durch seine lang
gestreckte Form den kleinen Ansatz eines
Bauchrings in Hüfthöhe. Beine und Arme
brauchte er nicht, so konnten sie ihm im Kampf
auch nicht gebrochen werden. Jedoch glatzköpfig

schlängelte er sich nicht durchs Leben. Das Haar
trug er kraus in einer Mischung aus Blond und
Grau, sodass sein Körper im Licht prunkvoll
glitzerte. Sommersonne strahlte über das Land
Hospizia.
Das stimmige Zwitschern der Vögel trug die
Gesänge seiner Heldentaten durch den Wind zu
ihm heran. Er lag im Gras, genoss den Frieden
und freute sich über die wachende
Ameisen-Armee, die einen schützenden Wall um
ihn herum aufgebaut hatte. Nichts und niemand
schien diese Idylle stören zu können.

Atlas reckte sich und ließ die Arme kreisen. Er
kreuzte seine oberen Extremitäten in
schwungvollen Bewegungen vor seiner Brust und
hinter seinem Rücken. Dann schrieb er weiter.

Hauchzarte Flügelschläge umspielten seinen
Körper. Emmangelina war aus ihrer
Metamorphose erwacht und begrüßte ihn:
„Piedro, Piedro del Avas, mein Adonis. Sieh, was
aus mir geworden ist!"
Engelsgleich flog ein feenhaftes Wesen um ihn
herum. Breite Flügel mit dunkler Färbung

fächelten ihm den Duft der Blumen zu. Es
verzauberte ihn, sie ansehen zu dürfen.
Wie hässlich war sie doch gewesen, bevor er ihr
diese Verwandlung ermöglicht hatte. Er, der
Künstler der Magie, hatte der hässlichen Raupe
mit einem Tropfen das gegeben, was sie brauchte.

Genüsslich lehnte er sich in seinem Schaukelstuhl
zurück und ergriff die Tasse. Die
überschwängliche Ekstase, die ihn mit jedem
Schluck stärker und stärker heimsuchte, genoss
er. Atlas merkte nicht, dass er sich bereits zum
zweiten Mal nachschenkte. Schaukelnd spürte er
nur eine leichte Nervosität. Abrupt stoppte er das
Schaukeln und damit zeitverzögert das
aufkeimende Schwindelgefühl.
„Weiter", spornte er sich an.

... der hässlichen Raupe das gegeben, was sie
brauchte. Mit ihrem innigen Liebesspiel hatte er
ihr den nötigen Anstoß gegeben, sich von ihrem
bisherigen Etwas zu befreien.
Piedro del Avas blickte auf die zierliche Elfe, wie
sie genant ihre zarten Finger vor die
wunderschönen Lippen legte, ihm einen Luftkuss

zuwarf und ihn mit ihrem bezaubernden
Wimpernaufschlag einwickelte.
„Wie fett und hässlich du Arme warst, bevor du
dich zu solch einer Schönheit entpuppt hast. Mir
solltest du dankbar sein für mein Verständnis,
dich zu lieben, obwohl mich große Abscheu
überkam."
„Ich bin dir so dankbar, mein Held. Durch deine
Zuneigung, die nur ein echter Mann ...

„Und kein Männlein", lachte Atlas vor sich hin.

... aufweisen kann, werde ich bald unsere
wertvolle Frucht tragen und die tapfersten
Nachkommen in deine Welt setzen."

Atlas wurde traurig.
„Warum hat sich Emma immer verweigert?
Kinder. Das wäre es gewesen. Wahrscheinlich
darf jetzt ihr Gigolo. Aber sicher geht die Arbeit
wieder vor. So materialistisch, wie sie eingestellt
ist. Geld, Geld, Geld. Was hat sie sich alles
gekauft!"
Er verdrängte, dass Emma lediglich drei billige
Kostüme besaß, die sie unter der Woche

geschickt variierte, um im Büro ein adrettes Aussehen vorzutäuschen.

Er schrieb.

Sie flog auf und zeigte ihm ihre verführerische Gestalt. Sie tänzelte vor ihm durch die Luft und wedelte mit ihrem schönen Gewand. Ganz genau erinnerte sich der Wurm, wie er ihr das kostbare Kleid für unzählige Goldmünzen erstanden und mit in den seidenweißen Kokon der Verwandlung gelegt hatte. Ihr Rücken trug einen Mantel in lockenden Rot-Brauntönen.

Sein Blick fiel auf den aufgespießten Falter, der immer noch auf seinem Schreibtisch stand, aber nicht mehr zuckte. Mit einem kurzen Fingertippen versuchte Atlas, ihn wiederzubeleben, strich aber nur farbigen Staub von den Flügeln.

Flugpulver war säuberlich in das Gewand eingewebt worden und schenkte seiner Elfe diese magische Fähigkeit. Dunkel abgesetzt fiel ein schimmerndes Schwarz hauchzart wie fein geflochtene Zöpfe über ihre Arme. Runde

Knopfaugen leuchteten Piedro in dem Gemisch aus Blau, Braun und Gelb wie Pfauenfedern entgegen. Emmangelina strahlte ihn freundlich an.

Da geschah es.

Plötzlich war sie da. Aus dem Nichts tauchte sie auf. Gespenstisch leise hatte sich die schwarze Kreatur herangeschlichen. Für Piedro del Avas war sie zuvor nicht zu erspähen gewesen. Zu dicht hatte sie sich an den Boden gepresst und war in Lauerstellung Tatze für Tatze vorgerobbt. Immer wieder hatte sie verharrt und den bezaubernden Balztanz seiner glücklichen Fee belauert. Dann schlug das wilde Tier zu. Erst mit einer Pfote, dann mit beiden.

Hopsend, aus Spaß an der Freud trieb die dunkle Abgesandte Piedros Auserwählte samt der heranwachsenden Brut in ihrem Leib von rechts nach links über die Wiese.

„Piedro, mein Piedro, hilf mir. Die Raubkatze trachtet mir nach dem Leben."

„*Raubkatze*? Wird er schon bei dem Wort einen hysterischen Anfall kriegen wie bei dem Anblick der Spinne? Ich hoffe nicht. Obwohl: Piet ist so ärmlich. Ich muss es umschreiben, sonst schafft er es nicht. Das wäre dumm, aber es passt zu ihm. Also:"

... Piedro, das Raubtier trachtet mir nach dem Leben." Sie flüchtete Richtung Wald.
Piedro del Avas sah die Gefahr. Das Abkommen mit dem Stamm der Arachnos

Atlas stockte. „Zu wenig ´As`. Das ist nicht gut. Ich schreibe lieber …"

Das Abkommen mit dem Stamm der Arachnas stand unberührt zwischen ihnen. Seine Emmangelina durfte die Grenze nicht passieren, sonst war sie für ihn verloren.
„Emma... Emmangelina, komm zurück! Bleib bei mir. Nur so kann ich dich beschützen." Flink richtete sich sein aalglatter Körper auf. Von irgendwoher kam wie durch eine magische Fügung ein Tropfen des Zaubertrankes auf ihn zu.

Atlas stand schwankend vor dem Notebook und trank die Tasse Kaffee leer. Sein Herz pochte.

In rhythmischen Kreisbewegungen des Körpers
vollzog Piedro del Avas die Verwandlung. Sein
Kopf taumelte wie in Trance hin und her und
schlug unaufhörlich gegen die Halme aus hartem
Gras. Er fühlte den Schmerz, aber ignorierte ihn.
Alleine war seine Emmangelina der ungeheuren
Gefahr nicht gewachsen. In seiner
augenblicklichen Gestalt, die ihn noch gefangen
hielt, konnte er ihr nicht zu Hilfe eilen. Es war zu
wichtig, dass er seine ganze Größe erlangte.
Es vergingen kostbare Sekunden. Endlich: Aus
einem mickrigen Wurm wurde die bissige
Schlange Piedro del Avas.
Schwungvoll richtete sich der heldenhafte Adonis
auf. Das Bild einer aufsteigenden Kobra mit dem
schönsten Rückenmuster eines Pfauenauges
prangte über dem Land Hospizia.
„Wo ist sie hin, meine Göttin? Und wo ist die
Abgesandte der dunklen Dämonin?"

Atlas schaute sich im Raum um und nickte.

Priedros Blick schnellte über die Halme der
fliederfarbenen Grünfläche und stoppte vor dem
dunklen Eingang des Waldes. Mit entsetzten

Augen sah er, wie der schwarze Morle
Emmangelina in die Finsternis der Welt der
Arachnas hineintrieb. Piedro musste handeln.

„Ich auch."
Atlas schwankte von einem aufs andere Bein.
„Mein Kaffee ist leer, die Blase ist randvoll." Er
flitzte los.
Nach dem Betätigen der Klospülung betrachtete
Atlas van Raien sein Spiegelbild. Erleichterung
zeigte sich nicht in ihm.
„Nun zu dir, Adonis. Die Einleitung ist
geschrieben. Sieh zu, dass der unhygienische
Rotzfänger aus deinem Gesicht verschwindet.
Der ist den niederen Geschöpfen zugeordnet und
Emma hat kein Interesse dich zu fühlen, sonst
wäre sie zurückgekommen."
Er tat, was er tun musste. Schließlich war es so,
dass er wieder zur Arbeit ging. Ganz normal, wie
jeder andere Mensch auch, hatte er dafür zu
sorgen, dass er gut aussah. Nach kurzer Zeit
kehrte er mit allem, was er brauchte, in sein Büro
zurück und wieder schwebten die muskulösen
Finger gierig über der Tastatur.

Die Welt der Arachnas

Piedro hatte sich einen Wettlauf mit der Zeit geleistet. Das schwarze Unheil im Fellmantel schlich unbefriedigt am Saum des Waldes entlang. Es hatte seine Emmangelina nicht gefressen, aber in den sicheren Tod geschickt. Der Moment war gekommen, in dem Piedro das Abkommen mit dem achtbeinigen Volk brechen musste. Jedoch hatte er sich zuvor an der schwarzen Pest, die das Gebiet umstreunte, vorbeizuschlängeln.

„Wie soll ich es anstellen? Soll ich mit meinen enormen Kräften einen Baum ausreißen? Magisch natürlich. So von unten heraus, bis er ganz langsam unter Ächzen und Stöhnen umfällt. Die Knochen der Katze werden krachen. Ihre Gedärme blutrot über den Asphalt wabern. Winselnd wird sie um Hilfe betteln." Atlas schüttelte den Kopf.

„Wir haben keinen Asphalt im Wald. Eventuell könnte ich das spitze Tongestein der Krankenhausblumenkübel hineindichten. Aber das wäre zu weit hergeholt. Wichtig ist, dass er als Erstes seine Katzenphobie besiegt. Aber kann Piet im Leben alle töten? Ich ja, ich bin ja auch ein Mann. Aber Piet? Er würde je nach Schweregrad der Abhandlung als Tierquäler oder gar als Mörder enttarnt. Da muss ich aufpassen. Er ist zu plump, wird das zu offensichtlich durchziehen. Meine Nachbarin ahnt nichts und so muss es sein!

Piet, ich lasse dich mit einem Trick an deinem Aberglauben vorbeikommen und bewältige auf dem Weg eine weitere Angst-, deine Wahnvorstellung. Mir scheint, die ist es wert, behoben zu werden."

Mit gutem Vorsatz ging er zurück ans Werk. Vor Aufregung und Genialität zitterten seine Finger. Es kribbelte in ihm.

Piedro erkannte: „Ich bin meiner Gefahr schon recht nah gekommen. Gleich berühren sich unsere Nasenspitzen." Unter schwarzen Haarbüscheln starrten ihn grüne Augenschlitze an.

„Nein, die Haarbüschel an den Brauen gehören dem widerwärtigsten Mann, dem ich je begegnet bin. Also Streichen! Einfach nur: …"

*Grüne Augenschlitze starrten ihn an. Ein
penetranter Geruch strömte mit diesem Blick auf
ihn zu. Wie gebannt verharrte der unheilvolle
Körper vor Piedro del Avas. Nur ein leichtes
Zucken der Schwanzspitze verriet die gespannte
Aufmerksamkeit seines Angreifers. Er lauerte. Er
lauerte auf die Schwäche des Wurms. Doch
Piedro war kein Wurm mehr.
Er war ... eine bissige Kobra.*

Atlas lachte laut los: „Nie! Nicht Piet! Ich werde
unglaubwürdig. Mit einem Biss betäuben? Das
schafft er nicht. Der schlängelt sich höchstens.
Ich lass es weg."

*Piedro del Avas erspähte ein Loch direkt neben
der Katze. Es war kleiner als ein Mauseloch.
Aber es würde ihm den nötigen Unterschlupf
bieten. Er musste blitzartig vorschnellen, die
kleine Höhle erreichen und in ihr kopfüber
verschwinden.*

Atlas wurde es mulmig. Er lehnte sich zurück.
Sein Herz raste. Seine Atmung hechelte wie nach

einem Hundertmeterlauf. Erst als er sie wieder unter Kontrolle hatte, seufzte er: „Avas, da müssen wir jetzt durch. Das einzig Wahre. Konfrontationsmethode. Die heilsamste. Glaube mir!" Schweißperlen standen auf seiner Stirn. Zitternd schrieb er weiter.

Die Katze setzte zum Sprung an. Piedro del Avas auch. Mit einer aalglatten Drehung über die Seite schnellte er nach vorn. Der Angreifer war getäuscht.

„Piet, nein, ich, nein!"

Der Held stürzte sich kopfüber in die dunkle Öffnung. Enge drückte gegen seine Schädeldecke. „Wo bleibt der Zaubertrank? Ich muss mich zurückverwandeln. Hier muss ich klein sein und hindurchhuschen."

Atlas blickte in das Nichts seiner Tasse, anschließend ins Nichts seiner Thermoskanne. „Wo ist der Trank? Ich habe keine Zeit. Ich kann uns hier nicht stecken lassen. Wir werden ohnmächtig oder betäubt. Lallend, gibbelnd

können wir Emmangelina nicht zurückholen.
Nein, nein. Verwandeln, egal wie: Ich kann auch
anners – sprechen. Sprechgesang. Zauberspruch."

*„Wurmliwin, das haut gleich hin. Zurück zur
smarten Gestalt. Gibt deinem Leben Halt!"*
*So einfach ist es nicht. Es tat sich nichts. Die
Enge der lehmigen Wände schien Piedro zu
erdrücken. Glitschig quetschte er sich weiter
hinein, stieß dabei an die Pfeiler des Loches. Die
Gefahr des Einsturzes drohte und wollte ihn
zermalmen. Modrige Masse waberte an seinem
schlanken Körper entlang, bis kleine
Wurzelenden wie die Triebe einer Kartoffel
anfingen, ihn zu durchbohren.*
Aber ganz sicher sollte das nicht sein Ende sein.

„Danke", hauchte Atlas. Erleichtert beruhigte ihn
das Erscheinen des allwissenden Erzählers, der
eingriff und ihm diese brenzlige Situation
abschwächte. Zu tief durfte er nicht eintauchen.
Atlas fasste sich ans Herz. Obwohl es stark
pochte, wollte er weiter durch die Enge kommen,
um Piets Klaustrophobie zu bekämpfen.

„Ganz klar: Du brauchst Hilfe. Meine Hilfe! Die Hilfe eines Fachmannes."

Plötzlich spürte er den spitzen Schmerz an seinem linken Arm.

„Arm geht nicht, du ärmlicher Wurm!"

Plötzlich spürte er den spitzen Schmerz an seinem Schwanzende. Die scharfen Krallen der Katze hatten zugepackt. Wie der Schnabel eines Huhnes pickten sie auf ihn ein. Doch dank der magischen Fähigkeiten, die ihm sein Schöpfer in die Wiege gelegt hatte, konnte er sein Schwanzende abstoßen.

„Wie? Egal! Schließlich schreibe ich eine Fantasy-Geschichte oder zumindest eine Geschichte mit viel Phantasie. Also wen stört es, dass ich gleich mehrere Seelen in einer Person mische! Sie werden mich dafür bewundern."
Der Autor rieb sich die feuchten Finger und lobte die künstlerische Freiheit, die einzig und allein ihm zugesprochen war.

Das wackelnde Ende lenkte die dumme Kreatur
ab. Sie hackte und hackte auf den zuckenden
Körperteil ein, der nicht einen Hauch von Leben
mehr in sich hatte. Das Zucken erstarb.
„Emma!"
Piedro del Avas musste sich beeilen. Er spürte,
wie die Enge sich zuzog, gleich dem Ring aus
starren Fäden um seine Emmangelina.
Ohrenbetäubender Lärm hämmerte auf ihn ein.
Die Katze nahm seine Fährte wieder auf. Er
zwängte sich seitlich herüber. Beißender Geruch
eines Kothaufens berührte im Erdreich seine
Wange. Ekel löst seine Platzangst ab.

Würgend schüttelte sich Atlas.

„Das ist keine Platzangst. Es ist kein Platz da, vor
dem wir Angst haben könnten. Aber rafft er das?
Raffen die Leser das? Ich schon …" Mit kurzem
Kopfschütteln beschloss er: „Die anderen lasse
ich dumm sterben!"

Ekel löste die Platzangst ab. Piedro del Avas, der
Meista der Sprachen, versuchte einen zweiten
Zauberspruch, um sich zurückzuverwandeln.

„Wurmliwin, aalglatt dain Kinn. Dea Körpa
auch, sogar dea Bauch!"

„Lächerlich. Doch sieh! Es klappt!"

Mit einem kräftigen Ruck durchfuhr der Zauber
seinen Körper. Wie wild schüttelte sich der Held.
Wehrlos war er der Magie erlegen, die ihm jetzt
half. Sie löste den Druck von seiner Haut. Die
Schweißperlen sammelten sich und bildeten einen
geschmeidigen Film um ihn herum.

Atlas wischte sich über die feuchten Unterarme,
schaukelte hin und her. Die Augen waren
geschlossen. Er rieb tippend die Fingerspitzen an
beiden Daumen entlang. Ein tiefes „Mmmh"
grollte aus dem Resonanzraum seiner Brust
empor, bis ein Schnaufen durch die Nasenflügel
entwich. Er tippte weiter.

Ich, nein, mein Held hatte seine Gestalt wieder.
Doch was war das? Er war plötzlich zu schmal
für die Öffnung. Völlig losgelöst von den Wänden
fiel er in den Spalt. Holprig krächzendes
Rutschen begleitete ihn. Immer schneller wurde

der Sog. Mit unaufhörlicher Kontinuität stürzte er
abwärts.
Die stickige Luft, die mit ihm die enge Röhre
belagert hatte, schluckte Avas mit offenem Mund.
Sogleich stieß er sie aus seinem Körper hinaus,
ohne auch nur eine Restmenge zurückzuhalten.
Piedro Avas` Bauch wurde im Fall
zusammengepresst.
Er konnte sich nicht wieder mit dem nötigen
Sauerstoff füllen. Er sackte in sich zusammen, bis
sein Bauchnabel das Innere der Wirbelsäule
spürte, obwohl ein Wurm kein Rückgrat besitzt.
Warm waberte sein Blut hin und her und floss aus
allen Richtungen in seine Magengrube.
Wie von Geisterhand wurde der endloslange Fall
abgeschwächt. Mulmig weich fingen ihn seidige
Fäden auf. Sie legten sich kaum spürbar um
Piedro und ließen seinen Absturz ausschwingen.
Pling.

Atlas riss die Finger von der Tastatur, schüttelte
den Kopf und klimperte mit den Augen. Er
brauchte einige Zeit, bis er wusste, wo er war.
Dann wiederholte er das Geräusch, mit dem sich
sein Computer über das verkrampfte Drücken der

falschen Taste bei ihm beschwert und ihn zurück in die Realität geholt hatte.

„Pling. Telefon? Pling. Sind wir im Aufzug? Pling passt nicht. Habe ich das geschrieben? Streichen!"

Mit einem *Pling!* löschte er das Wort.

„So mein Piet. Ich hoffe, deine Ohnmacht hält dich nicht vom Laisen ab. Für mich war das laicht, zumindest bis hierher."

Atlas atmete nun wieder ruhig. Er war erschöpft. Er war der tippende Autor. Wo war bloß der auktoriale Erzähler seiner Geschichte, der bei Gefahr eingreifen sollte? War er nicht in Gefahr? Oder ließ er ihn genauso hängen, wie all die Verlage, die seine Manuskripte nicht wollten? So nicht! Dieses Mal nicht. Er schrieb:

Jeder weiß, dass nun das eigentliche Unheil kommen sollte. Nur unserem Helden wurde es nicht klar. Auf merkwürdige Weise genoss er das Schaukeln in den gesponnenen Seilen.
Sollten wir ihn jetzt schon warnen? Nein!
Wir müssen ihn mit Hilfe der Konfrontationsmethode überraschen. Aber sie muss authentisch sein.

Atlas stoppte. „Faselndes Fachchinesisch. Ich streiche alles hinter dem *Nein*. Mit einem Kaffee rutscht es wieder. Und ein schönes kribbeliges Exemplar aus dem Keller brauche ich. Es wäre gelacht, wenn ich das nicht für jeden Phobiker greifbar beschreiben könnte."

Die Welt eines Autors

Atlas van Raien stand auf. Ihm wackelten die Knie.

„Das liegt nur an der Enge des Erdloches oder an dem Fall in den Spalt zwischen den Aufzugstüren." Er schwankte. „Atlas, hier ist kein Aufzug, nur die Treppe", rügte er sich selbst und blickte die Stufen hinunter. Ganz schwummerig wurde es ihm vor Augen. Unter hektischem Klimpern der Augenlider versuchte er, seine Pupillen zu weiten. Das Treppengeländer schwankte hin und her. Seine Hand schnellte vor. Er packte fest zu und hangelte sich Stufe für Stufe hinunter.

„Angst vor Treppen? Nein! Ich doch nicht! Keine Climacophobie. Auch nicht Bathophobie. Mein Blick in die Tiefe ist nur durch den Bildschirm getrübt. Ich habe weder Höhen- noch Tiefenangst. Weder Emma noch die Faseltante haben Recht. Warum auch? Nur, weil ich mit meinem Piet gerade die Klaustrophobie bewältigt habe, soll mich jetzt eine neue Phobie erschleichen. So weit kommt das noch!"

Atlas van Raien riss sich zusammen.

Nach dem kurzen Besuch in der Küche schaffte er die Kellertreppe und fiel erst von der allerletzten Stufe in den dunklen Gang hinein. Kriechend schleppte sich der Autor weiter am Waschraum vorbei. Seinen stattlichen Körper richtete er erst in Höhe des düsteren, von Skripten überlagerten Kellerraumes wieder auf. Langsam atmete er aus und ein.

„Später vielleicht. Nur wenn alle Stricke reißen. Zuerst einmal in den gefliesten Kellerraum", befahl er sich. Hier hatte er vor Tagen eine Spinne unter den Kühlschrank huschen sehen. „Die war tricky. Einfach unter den Kühlschrank mit den Eiern", schoss es ihm durch den Kopf. „Im Keller nicht. Im Keller sind Kartoffeln. Egal! Faul ist Emmas Beziehung zu ihrem Gigolo und der Hühnerfederkette allemal. Ich muss herausfinden, mit welcher magischen Kraft die Hexe meine Emma so stark in den Bann zieht."

Atlas betrat den gefliesten Kellerraum. Wild hatte er ihn verlassen. Jetzt lagen die Federn sanft und mild auf dem Boden herum. Ein Anblick, der enorme Ruhe ausstrahlte, dennoch Abscheu aufkommen ließ, startete sein gespeichertes Gedankenkino.

„Warum jemand Alektorophobie, die Angst vor
Hühnern entwickelt - wenn er nicht so gefestigt
im Leben steht wie ich - ist mir nun klar. Das
Gackern, die klebriggrüne Hühnerkacke, die sie
überall verlieren."

Er hob seinen Fuß von dem eingetrockneten
Haufen, den das Huhn in Todesangst verloren
hatte, und fuhr in seinen Ausführungen fort: „Die
schrumpelige Haut, wie sie einen unter dem
Schein, kahl und borstig gespickt, anwidern kann.
Da hilft es nicht, dass sie ihr Äußeres mit Federn
schmückt. Widerliche Geschöpfe!"

Der Autor wirbelte mit seinen Armen herum, als
wollte er den Luftangriff einer tausend Seelen
starken Hühnerplage abwehren. Er scheuchte
dabei braune und weiße Daunen hoch, die er
unter heftigem Husten erst anzog, dann fort
pustete. Hastig verließ er den Raum und merkte
nicht die wirbelnde, weiche Spur, die lautlos
hinter ihm herschlich.

„Zurück in meinen Keller. Zwischen meinen
detaillierten Ausarbeitungen finde ich bessere
Exemplare."

Beschwingt betrat er den Raum. Dieser war so
friedlich, so vertraut. Atlas summte ein Lied.

Urplötzlich fühlte er sich wohl. Hier zwischen seinen Werken konnte er - er sein. Sein ganzes Wissen war vereint und bewies ihm, wie überlegen er allen war.

Langsam durchstöberte er die Akten. Seine Skripte waren alphabetisch sortiert. Wie sollte es anderes sein. Atlas van Raien durchforstete sie und zog vereinzelt seine größten Abhandlungen im Regal ein Stück heraus.

„Acousticophobie/Lärm, Aelurophobie/Katzen, Agyrophobie/verkehrsreiche Straßen. Schon wieder eine Katze. Jetzt Akrophobie/Höhe, Alektoro/Hühner. Was ist das?"

In der Lücke der Akten von A nach B zur Bathophobie krabbelte etwas.

„Genau da gehörst du hin. Hier kommt mein Skript zur Arachnophobie hin. Jetzt komm her!"

Mit gezieltem Griff fasste er die Spinne. Ein flinkes Wesen. Lautlos entglitt sie immer wieder seinen Fingern. Wie einen Hauch hinterließen die feinen Härchen ihre Spur auf Atlas` Handrücken. Das Gefühl des Waschzwangs überkam ihn, als ob die Spinne ein unsichtbares Sekret auf ihm hinterlassen hätte. Der Autor überwand sich und umschloss mit einer Faust das Krabbeltier.

„Uah, wie kriege ich dich nach oben in den Wald hinter meiner grünen Wiese von Hospizia?"

In die Tasche konnte er sie nicht stecken. Sie würde in seiner engen Jeans zerdrückt werden.

„Soll ich dich unter meinen Pulli nehmen? Was tut man nicht alles, für eine hieb- und stichfeste Story."

Voller Ekel glitt er mit der geballten Hand an seinem Hals entlang und schüttelte sie ab. Hätte er einen BH getragen wie seine Emma, hätte die Spinne Halt gehabt. Aber so musste er dafür sorgen, dass sie ihm nicht in die Hose rutschte. Er stopfte schnell den Pulli in die enge Jeans.

Auf dem angrenzenden Regal erblickte er zwei weitere Spinnennetze, die bewohnt waren.

„Die eine ist eine kleine Kreuzspinne, die andere gröber, aber behaart. Euch brauche ich beide. Wir rechnen jetzt ab!" Er stopfte die zwei und noch ein dürres, langbeiniges Gestell aus dem Eimer zum ersten Opfer unter seinen Pulli.

Der Weg zum Arbeitszimmer schien nun endlos zu sein, zumal Atlas noch mit seinen haarsträubenden Begleitern in die Küche abbiegen musste und zwei Kannen Kaffee mitnahm. Unaufhörlich kribbelte es auf seiner Haut.

„Ich muss duschen", durchfuhr es ihn, „später. Jetzt erst genau beobachten und schreiben." Hastig schüttelte er seinen Pulli über dem Fensterbrett der Dachluke aus, bis alle Passagiere zu sehen waren. Atlas konzentrierte sich. Sein geschultes Auge beobachtete die kurze kämpferische Kontaktaufnahme der Spinnentiere und dann, wie sie auseinanderströmten, sich vom Fensterbrett abseilten und in alle dunklen Ecken des Arbeitszimmers flüchteten. Sein Blick schweifte in den nächtlichen Himmel mit den taumelnden Baumwipfeln.

„Der Wald. Ich muss zurück in den Wald der Arachnas. Zu lange schon ist meine gute Fee fort."

Er spürte den Schwindel. Sein Herz raste. Um klar zu werden, schüttete er sich Kaffee ein. Mit zittriger Hand wischte er die danebengegangenen Tropfen vom Tisch.

„Lieber sollte ich Tee trinken, jetzt, da unser Wiesensalbei blüht. Aber Emma achtet nicht auf mich. Sie lässt mich wie alle anderen im Stich. Ich sollte sie auch. Das hätte sie davon. Die

Belastung wäre fort. Ich als Autor Atlas van
Raien würde Geld bringen. Endlich allein, reich
und frei!"
Obwohl sein Herz pochte, setzte er den
Kaffeepott an. Die Tasse war ihm längst zu klein
geworden. Er kippte die dunkelbraune Brühe in
einem Zuge hinunter, schenkte sich nach und
schlürfte den Becher bis zur Hälfte leer. „Weiter!"
Sein Herz flatterte. Er musste fertig werden. Die
Zeit drängte.

Konfrontation

„Gleich siegen die achtbeinigen Blutsauger. Piet, wir müssen ihr helfen! Emma nicht, aber Emmangelina." Kurz überflog er die letzten Zeilen.

Wie von Geisterhand wurde der endloslange Fall abgeschwächt. Mulmig weich fingen ihn seidige Fäden auf. Sie legten sich kaum spürbar um Piedro und ließen seinen Absturz ausschwingen. Jeder weiß, dass nun das eigentliche Unheil kommen sollte. Nur unserem Helden wurde es nicht klar. Auf merkwürdige Weise genoss er das Schaukeln in den gesponnenen Seilen.
Sollten wir ihn jetzt schon warnen? Nein! ...

Atlas löschte zwei alte Zeilen, die zu real waren, und schrieb weiter hinter dem ... *Nein!* ...

Da musste unser Held alleine durch. Dunkelheit umgab ihn.

Der Autor machte kein Licht. Er nahm das Notebook auf den Schoß und wippte in seinem Schaukelstuhl vor und zurück.

Piedro del Avas lag nur da. Wäre die Situation nicht so brenzlig, hätte ihn das Schwingen in dieser gesponnenen Hängematte beruhigt. Aber er wurde mit klebrigen Fäden festgeschnallt. Lautlos trippelnd kamen zwei Ungeheuer auf ihn zu. Die Unmenschen hatten ihn entdeckt. Doc, der größte Weber unter ihnen, fing an zu mutieren.

„Wie?"

Genüsslich schlürfte er Tropfen für Tropfen den heißen Zaubertrank der dunklen Hexe Valeianmemoriam. Sie hatte sich mit dem Spinnenvolk verbündet und ihnen die anvertraute Brut geopfert. In regelmäßigen Abständen zerschlug sie unter lautem Knacken mit ihrem spitzen Schnabel die Eierschalen ihrer Zöglinge. Der Lebenssaft der Armen wurde den widerlichen Spinnentieren geopfert. Auch jetzt musste Piedro sich das Schauspiel ansehen und befürchten, dass

sie sich in gleicher Weise über seine
Emmangelina hermachten. Angst überkam ihn.

„Uah, eine Spinne krabbelt über die Lehne!"

Doc´s Aussehen glich einer Kreuzspinne. Kahl
war seine Kopfhaut. In weißen Kleidern steckte
der Rumpf und auf dem Rücken leuchtete ein
dunkles Kreuz. Die unterentwickelten Arme und
Beine veränderten sich. Sie wurden nun von
enormem Haarwuchs befallen. Das kranke
Gesicht hüllte sich in einen dschungelartigen
Vollbart. Kleine Sehschlitze unter den Brauen
gifteten rot leuchtend herüber. Unter
Klopfzeichen ´tack, tack, tack, klackel, tack, tack,
tack, srrrrr, klackel` piff er seine Untertanen zu
sich und wies sie an, das Wachstumselixier von
Valeianmemoriam zu schlürfen.
„Chlsch, chllschi", zischte es feucht.
Rock, der dümmste Achtbeiner unter ihnen,
klatschte aus lauter Übermotivation in die
Hände, vor den Kopf und auf seine Ohren.
Geifernd stürmte er mit einer Horde
Spinnenschüler auf sein Opfer zu.

Piedro erschrak. Aus den dunkelsten Ecken des
Arbeitszimmers kamen sie auf ihn zu.

„Wo? Warum sind sie so furchtbar leise?
Schritte?"
Atlas stellten sich die Haare auf. Plötzlich meinte
er, einen fremden Lufthauch zu spüren, der das
Blut um seine Wangenknochen erhitzte.
Ohrenbetäubendes Hämmern überlagerte die
Gedanken. Sein Kopf schien zu zerplatzen.
Abgehackt passte sich seine Atmung dem stillen,
klopfenden Rhythmus an. Seine Augen rutschten
in ihren Höhlen hin und her. Die Wimpern
klappten nervös auf und zu.
„Piet, bewege dich!" Panik kam auf. „Es geht
nicht", schoss es ihm durch den Kopf, „gleich ist
es vorbei!" Er rotierte. „Mir fällt was ein.
Bestimmt!"
Unaufhörlich rutschten die schweißnassen Hände
an dem kalten Gehäuse seines Notebooks ab.
Die Wände des Raumes schwankten. Mit jedem
„tack" schienen sie näherzukommen.
„Überall Spinnen. Lauter Spinnenweben. In allen
Ecken, Regalen, selbst Reste von ihnen an
meinem Notebook", hauchte er, „sie werden

unsere Körper einspinnen, verspinnen. Das seidenweiche Gefühl auf unsere Haut legen. Auf ihr hin- und herkrabbeln. Langsam aber sicher die Brust umwickeln, ohne dass wir es verhindern können, und die Kehlen zuschnüren."

Es klirrte, als würde Metall zu Boden fallen und von einem Haufen schwerer Papiere überdeckt.

„Atlas", drang an sein Ohr.

„Nicht Atlas, Avas", wiederholte er, „Piedro del Avas, reiß die Fesseln ab. Mann, richte dich auf! Wir müssen fliehen!"

Atlas` Atemstöße wurden schnell. Er hechelte im Wahn. Seine Hyperventilation war nicht zu stoppen. Das überwältigende Engegefühl, das durch das Herankrabbeln der lautlosen Spinnen mit ihren Fangnetzen auf ihn zuströmte, suchte nach Befreiung. Er schlug mit dem Kopf seitlich gegen die Nackenstütze seines Stuhles. Dabei rutschte das Notebook von seinem Schoß und landete mit einem *Patsch* auf dem Boden.

Erschrocken sprang Atlas auf die Sitzfläche und schaukelte hin und her. Seine Arme versuchten, alle Spinnenweben um ihn herum zu zerreißen. Vom Treppenaufgang her hörte er seinen Namen und trippelnde, aber geschmeidige Tapser heraufkommen. Er sah keinen Ausweg mehr, nur die Flucht in die Dunkelheit des Waldes. Jemand schrie.

„Ruhig, Atlas, ruuuuhig. Alles ist guuut."

„Emma?"

Er sah zur Treppe. Er sah zum Fenster. Er sah Emmangelina durch den Nachthimmel flattern. Ihre Flügelschläge waren kürzer und ihr Körper gedrungener.

„Iih, lauter Spinnen", kreischte eine weibliche Stimme. Atlas` Atem stockte. Ein saftiges Knacken durchdrang die gespenstische Ruhe. Der Falter war fort.

„Nein! Sie haben dir etwas angetan. Sie haben dich verstümmelt. Hat dir der Analphabet nicht geholfen? Wie auch? Das schafft er nicht einmal für sich selbst. Als er mit seinem Bein in der Schlinge gefangen war, hatte er es nicht geschafft, aufzustehen und unseren Pakt per Handschlag zu besiegeln. Nur angedeutete Verträge sind nichts wert. Das ist klar. Erwarte von ihm nichts. Nimm mich! Meine Schönheit, wie konntest du deinen Fesseln entkommen?"

Vor sich sah er es wieder flattern. Hinter ihm klackten Schritte.

„Die verwandelten Kreaturen kommen mit den Netzen und wollen uns holen, fangen, fassen, quälen." Er hechelte nach Luft.

Als er das Fenster öffnete, streifte sein Blick die kahle Stelle am Ringfinger. Schon stützte er mit der Hand seinen Körper auf das Brett. Ein Spinnennetz verfing sich in seinem Haar.

„Überraschend lautlos. Haarig. Von oben herab kommen sie aus allen Ecken. Sie sind schon da!" Panisch kämpfte Atlas gegen die klebrigen Fäden. Wirbelnd kreisten seine Arme. Er spürte diesen seidenweichen Hauch überall. Ekelhafte Beklemmung übermannte ihn. Berührten blutige Federn sein Gesicht? Er konnte sie nicht wegpusten. Unter hypnotischer Trance schob er beide Beine an seinem Bauch vorbei.

„Ich muss mich befreien!"

Als er auf dem Dach saß, zogen sie an seiner Kleidung. Fremde und gleichwohl bekannte Töne drangen zu ihm.

„Valeia, hilf mir! Komm schnell, wir müssen ihn fassen! Allein schaffe ich es nicht. Valeia, komm!"

„Valeianmemoriam!"

Wie vom Blitz getroffen zuckte er zusammen.

Tropfen fielen auf sein Gesicht.

„Sie haben die Hühnerhexe zu Hilfe geholt. Hatte ich ihr nicht den Hals umgedreht und die Flugfedern gerupft? Na wartet, ihr jämmerlichen Geschöpfe. Einen echten Atlas van Raien wird niemand kriegen."

Er genoss das Gefühl der Größe, das Gefühl, alle, auch seine innersten Ängste, besiegt zu haben.

Sein Herz, sein Puls rasten. Ihn beflügelte die Liebe zu diesem elfenhaften Geschöpf. Tausend Schmetterlinge kribbelten in seinem Bauch. Mit einem Schritt kletterte er weiter die Schräge des Daches empor. Er wollte den höchsten Giebel erreichen.

Sein Fuß rutschte ab. Sein Blick folgte. Hoch und tief kamen schemenhaft die Grashalme auf ihn zu und wichen wieder zurück. Der Baum und die Sträucher aus dem Wald der Arachnas schwankten im Wind. Ein Nachtfalter umschwirrte ihn und brachte ihn endgültig aus dem Gleichgewicht.

„Emmangelina, du stürzt ab. Du brauchst meine Hilfe. Piet, unser armseliger Wurm, wird sich nicht für dich opfern. Vertraue also mir, deinem echten Könner. Ich befreie dich!"

Schlagartig wurde ihm klar, wie steil das Dach wirklich war. Er rutschte ab und schlug – dumpfer als damals die Jeans im Krankenhaus – mit markerschütterndem *Patsch* auf dem harten Boden auf.

Der Schluss

„Emmangelina? Hast du an dem Abend seine letzten Worte gehört, Valeia? Er hat mich Emmangelina genannt."

Emma van Raien trug heute ein schwarzes Kleid, das sie sich extra gekauft hatte. Valeia Memoria hatte ihre Hühnerfederkette gegen eine aus Rabenfedern getauscht und stand neben einem dunkelhaarigen Italiener. Klein war er. Sein Nadelstreifenhemd steckte ordentlich in der Bundfaltenhose. Er schnalzte ab und an mit der Zunge und schien sich in der trauernden Gesellschaft zu amüsieren.

Zu Anfang hatte Emma es nicht fassen können. Aber Valeia Memoria war ihr eine Stütze in der schweren Zeit. Sie hatte ihr akribisch die Verhaltensmuster der Phobieleidenden erläutert. Sie hatte die zwanghaften Folgehandlungen, die ohne Einsicht und fremde Hilfe nicht aufzuhalten waren, genauestens beschrieben. Die Verstärkung durch Drogen, Medikamente oder einzelne Suchtmittel hatte sie ihr damals im Krankenhaus bereits genauestens erklärt.

Sie war es auch, die an jenem Abend darauf gedrängt hatte, Atlas aufzusuchen, als er nicht ans Telefon ging. In einer Sitzung mit Emma hatte sie unter dem bekannten *M-m-m-mh...m-m-m-mh* das Schreckliche gesehen. Sie hatte deutlich das unbekannte Land, das er betreten wollte, und das dunkle Loch der Dachluke, durch das er sich hoch hinaus zwängte, erkannt. Jene Nacht war schwarz und das Unheil hatten beide Frauen hautnah miterlebt.

Nun waren wenige gekommen, Abschied zu nehmen. Sein armer Freund Piet Hanssen, Valeia Memoria, Emma mit ihrem Gigolo. Mehr Freunde hatte Atlas van Raien nicht. Sogar die Nachbarin weigerte sich, das herzliche Beileid auszusprechen.

Aussichten

Monate waren vergangen. Widererwartend war Atlas van Raien im Himmel gelandet. Die Ironie seines Schicksals verlangte es, dass er von oben herab das Treiben beobachtete.

Die junge Angelina blieb irgendwo im Süden, brach ihre Ausbildung ab und heiratete einen kahlköpfigen Arzt.

Piet Hanssen gab datt Laisen nicht auf. Einmal in der Woche las er ehrenamtlich vor, wurde sprachlich hin und wieder der Alte, was die Kleinen im Kindergarten amüsierte. Meist wählte er Bücher über Tiere wie Spinnen und Katzen.

Atlas` Emma war zurückgekehrt.

In seinem vertrauten Heim machte sie es sich mit ihrem Gigolo gemütlich. Er war ihr nützlich. Den Vorgarten gestaltete er um. Dort vergrub er das restliche Pulver der Vakuumpackungen zusammen mit der Asche eines verbrannten Notizbüchleins und pflanzte einen Flieder darauf.

Irgendwoher kannte Atlas van Raien das Gesicht des Mannes.

Er erinnerte sich an einen kompetenten Geist in mieser Gesellschaft, an einen

176

Krankenhausschatten hinter Emma und an einen Pizzaboten, den er bei seiner letzten Lieferung erwischt hatte. An den ausrangierten Unterschränken im hintersten Eck der Küche hatte er herumgefummelt. Atlas selbst war nur kurz ins Wohnzimmer gegangen, um einen Geldschein aus dem Sofakissenbezug zu fingern. Jetzt wunderte ihn nichts mehr.

Der neue Mann im Leben seiner Emma leistete gute Arbeit. Niemand vergriff sich an Atlas` Lieblingskaffee oder schöpfte Verdacht.

Sogar den Keller durchforstete dieser HERR Paolo sehr gewissenhaft. Er ging alphabetisch vor. Im Arbeitszimmer unterm Dach hämmerte er auf die Tasten ein, überarbeitete Ordner für Ordner, während er an seiner Goldkette kaute. Er selbst tauchte namentlich nie als Autor auf. Sein Geld verdiente er anders.

Unter Emmas Namen erschien diese außergewöhnliche Fantasy-Reihe. Jeder einzelne Roman wurde ein Bestseller, was mitunter Valeias Werbung zu verdanken war.

In unzähligen Sitzungen half sie als Fachfrau kranken Menschen mit entsprechender Lektüre und pries in Zeitungsartikeln und

Fernsehsendungen die ausgefallenen Bücher ihrer Freundin an.

Die 500 € Wettgewinn hatten alle nicht mehr nötig, dafür machten sie sich nicht krumm. Emma hatte gekündigt, genoss ihr Leben und trank ihren Espresso in einem Café der Stadt.

DANKE

Danke meiner Familie, die mich mit unserem Alltag immer wieder in die reale Welt holt. Bin ich froh, dass es euch gibt.

***

Danke meinen beiden Viechern:
Meinem Kater, der sich auf die Tastatur pflanzt, wenn ihm mein *Klack, Klickel, Klack* zu viel wird
und meinem Hund, der mich regelmäßig auffordert, diese Schreibpausen an der frischen Luft zu verbringen. Ihr seid ein tolles Team.

***

Ein spezieller Dank gilt Manuela Schenk, Roland Lutz und seinen Kollegen vom Insektarium der Wilhelma, Zoologisch-Botanischer Garten Stuttgart und auf jeden Fall Susi!
Du, süßes Spinnentier, warst ganz ruuuhig. Das Zittern meiner Hand sieht man auf dem Cover nicht.

***

Ein dickes Dankeschön natürlich ALLEN, Leserinnen und Lesern. Ganz besonders bedanke ich mich bei dir.
Hat dir die Geschichte gefallen? Empfiehl sie weiter!
War sie flüssig zu lesen, abgedreht, skurril …?
Was wird im Gedächtnis haften bleiben?
Schreibe mir ein paar Zeilen als Rezi bei deinem Buchhändler oder direkt an: anja@rosok.de
Ich freue mich auf dein Feedback.

***

Mit **WAAAAHNSINNIGEN** Grüßen vom **AUTOR**

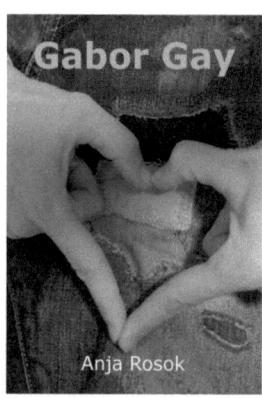

„Hier ´rüber! Flanke! Gib ab!"

Der Morgen beginnt fair –
bis diese blöde Bemerkung fällt
… und dann die Sache unter dem Torbogen.

Mit wem kann er darüber reden?
Warum weiß seine Schwester davon?
Was weiß sie genau?

Je mehr Gabor darüber nachgrübelt,
desto mehr verstrickt sich sein Umfeld.

Was ist,
wenn man anders ist,
als andere meinen?

Joshua lebt mit seinem Vater auf einer Farm nordöstlich von Alice Springs. Trotz seiner europäischen Wurzeln sind Nungen und Dujah seine engsten Freunde in dem für ihn noch fremden Land.

Eines Tages findet er ein niedergestrecktes Känguru. Es schützt über den Tod hinaus das heranwachsende Leben in seinem Beutel. Vom Stammesältesten wird Joshua dieses kleine Joey zum Verzehr geschenkt.

Warum ihm diese Ehre zuteilwird, ahnt er nicht.

…

Eine bewegende Reise durch das rote Zentrum Australiens mit all seinen Schwierigkeiten, Gefahren, Mythen und Emotionen.

* Bilinguale Bilderbücher *
bilingual rhyme picture stories

... vom Größerwerden und Mutigsein.

... über das Anziehen verschiedener Kleidungsstücke.